姑娘我横冲直撞自带光芒

海欧亭亭
著

作家出版社

目 录

CONTENTS

第三章 【远方】去看得最远的地方，手舞足蹈聊梦想

第四章 【子弹】我毒舌，我高傲，我是独一无二的我

第五章 【欢愉】我爱你，真的好爱你啊

第六章 【指南】去爱，或者接受指南

自 序

有些光芒，必须自带

2015年的8月，我已经写了十万字文稿，正焦急地寻找出版路径。出书，对于一个写作者而言是一件极其重要且神圣的事情，但对于一个彻头彻尾的新人而言，也是一件近乎遥不可及的事情。为此，我问了好几个混过出版、当过编辑的朋友，其中一个朋友对我说了一句话，至今记忆犹新，他说：你还是别出了吧。

那是一个寂静的深夜，漆黑得看不到前方的路与星芒。

2016年的8月，此时，我坐在房间里，敲下这篇自序，我的第二本书，即将出版。当年那个劝我别出书的朋友，给我发了一段由衷的话，里面有一句是这么说的：看来你选的这条路，还是走得很对。

或许你们会觉得我是一个特立独行的人，别人说的话对我压根起不了任何化学反应，其实并不是，我挺在乎的。但在乎归在乎，我还是要艰难地选择靠自己，不计后果地横冲直撞，赌上一回。

可喜的是，我赢了。

很多时候我们都是这样，面对一些看似不可能实现的事情，心生敬畏，甚至心生退意，总觉得好运不可能降临到自己身上。然而，我只想说，是我们故步自封的观念曲解了“好运”的定义。什么是好运？好运就是Do it！

行动吧！从你萌生想法的那一刻，不要犹豫，不要顾虑，只有这样，你才有可能成为幸运儿。

这是一本包罗年轻人万象生活的书，有关奋斗，有关爱情，有关披荆，有关斩棘，有关所向，有关披靡。总之，都是我们年轻岁月中不可缺失的部分。奋斗时勇往直前，不惧苍生不畏鬼神。相爱时奋不顾身，一念所起万水千山。

而这本书的书名足以说明我对生活、对工作、以及对爱情，所抱有的态度。

首先是“横冲直撞”。我是一个个性鲜明的人，不擅长妥协。这不是外向，也不是狂躁，而是源自内心的一股不服输的较劲。试想，人生若没有冲劲，那和一潭死水有什么分别？

所以，当我想来深圳奋斗，在很多人劝我女孩子家不要一个人去那么远的地方太辛苦的时候，我选择横冲直撞；

所以，当我遇到不公平待遇、超出原则和底线的事情，我会横冲直撞；

所以，当我觉得我要写书，在面对质疑甚至轻视的时候，我决定横冲直撞；

……

因为我知道，只有横冲直撞不计后果拼一场，才有可能自带光芒。

正如我在书里的一篇文章中所描述的那样：“所有看起来毫不费力的人生、毫无悬念的优秀者，往往都是最用功的人。他们付出的东西，远远超过你看到的表象。”这样的人，才是自带光芒的人。

光芒不是天生的，光芒是自带的。

何谓自带？——自己带给自己的，才是光芒！也只有自带的，才是最强大的，最稳固的。

我喜欢“光芒”一词，也喜欢所有自带光芒的人。尤其是自带光芒的姑娘。

有人问过我：作为姑娘，尤其是年轻的姑娘，什么时刻最令人心动？

我回答：为了梦想横冲直撞奋不顾身的时候，因为她的周身都长出了光芒。

这里再补充一点：这些姑娘还有什么特质呢？那就是——靠自己，不依附于任何人，拜金但只崇拜自己挣来的金，有梦想，努力实现梦想，有原则，有底线，任何突破原则和底线的事情都坚决不妥协！

这样的姑娘，才活得纯粹，活得漂亮！这也是这本书的观点体现。

闭上眼睛翻阅这一年多来写的文字，出版的，未出版的，选上的，毙掉的，修改的，待修改的，形形色色加起来应该有三十多万字了。这期间，我换了两份工作，却没有换掉这份坚持。工作一直在继续，写作是寄生在工作之余的荆山之玉，是空谷中绽放曦光的兰，是平凡日子中快乐的药剂。

从去年到今年，心境还是有很大变化的。去年刚写文不久，人有点急功近利，焦躁不安。今年，尤其是过了年中，心态变得越来越平和，颇有“静看流云”之感，写作也多了几分从容，但并没有因此倦怠，反而变得更加笃定。

我发现了一个规律，越是急躁之时，人越是脆弱，甚至随时都有可能放弃。反而当你变得随和从容的时候，却往往是最长久的时候。就好比婚姻，看似平淡，却是长久陪伴。

今年春季，我加入了梦生影视文化工作室，成为签约作者，这于我而言也是一个跨越，意味着我要尝试更多体裁、更多题材的创作了，也意味着我可能一直都会行走在途中了。而与梦生的结缘，也令我在写作这条路上越走越欢乐了，因为这真的是一个超级有爱而又温暖的大家庭。

好啦，接下来要感谢很多人啦。

我要感谢我的父母，感谢他们把我带到这个世界，体会人间冷暖。赐我身体发肤，抵御烈日寒霜。

感谢我的语文老师们，在写作路上对我的关怀和指导，尤其是我的高中老师刘刚，没有他，我或许还不知道什么时候走上这条路呢。

还要感谢自去年以来一直支持我的人——梦生工作室的所有同僚：戴日强，宋小君，张轩洋，寻欢、米娅、凌汛……感谢出版社的省登宇、编辑们，感谢陆林枫老师，学妹沈然，哥们子龙，还有许多帮我发布文章的媒体平台及编辑们：人民日报、意林、读者、青年文摘、思想聚焦、十点读书、二更食堂、清华南都、美文日赏、灼见、初芒、晚安少年、简书、豆瓣热门精选、蔷薇岛屿电台，等等。谢谢你们，让更多的人看到我的文章。

感谢将它捧在手中的你，我们文字里见。

祝所有安好。

最后，想对这本书说一句：这一树，花已开；盼来日，木成森。

海欧亭亭

2016年8月于深圳

第一章 【光芒】

姑娘我横冲直撞，自带光芒

那些不声不响就把事情做了的人

作为一个自控能力不强，无缘无故喜形于色的人，我非常敬佩那些不声不响就把事情做了的人。

A不声不响就考了个硕博连读，还是带奖学金的。

B不声不响就升职做了高管，通宵加班也不发一个朋友圈。

C不声不响就和男友环游了世界，完了还出了本书。

D不声不响就结了婚生了娃，然后跟个没事儿人似的继续回职场战斗。

这些“ABCD”，就是我要说的故事。

A：我从小就是A，不懂什么是装13

A先生是我表哥，论辈分其实应该叫叔，但年龄只大我一岁，我叫不出口，就自作主张降了他一个辈分。

他打小读书成绩就好，高考时发挥失误了，不小心考了个普通大学。他读大三的时候我读大一，过年回来亲戚聚会时不见他，忙询问，他妈妈小声告诉我：他啊，在学校里看书呢。结果被一个亲戚听见，说：这小子，肯定是在学校找对象了。

过了几个月，我因为旅游去了他所在的城市，约他出来见个面吃个饭。他从学校匆匆赶来火车站接我，下巴长了一圈胡茬，头发乱成一堆，身上穿的衬衣还掉了两个扣子。

我们去附近随便吃了个饭，我看着瘦了两圈的他，问他怎么了。

他说，考研，不是人过的日子，没日没夜。

我问他一天睡多久，答曰：四个小时。

不忍心再浪费他的时间了，于是吃完饭就和他告别，见他匆匆赶去坐车，争分夺秒的，样子真令人心酸。这一次见面，两个小时，不知道他又要用多少个没日没夜的日子补回来。

一年以后，他已经是华南理工的在读研究生了，还是全额奖学金。

又过了两年，他获得了华南理工的硕博连读机会，博士在读期间协助导师做实验（他读的是化学专业），每个月还有两千元的收入。

2015年12月，我得知，他要出国了，去俄亥俄州立大学读博士后，每个月有收入，够维持他和爱人的生活。

我和他简单聊了微信，得知他即将动身，再见不知是何时了。

我问他：念书很辛苦吧？

他还是笑称：不是人过的日子。

我问他这一路除了努力，还有着怎样的坚韧和决心。

他说，心够决，不留退路，一路走到黑。

这期间，他没有在朋友圈、微博上晒过自己在熬夜，在复习，也没有炫耀过自己又考上了什么学位，获了哪些奖，以及又拿了多少奖学金。

从大学到现在，八年时间，他不声不响，就到了博士后的地步。更重要的是，他1988年生。

B：熬过了苦×的岁月，你就是牛×的人

B先生是和我一起来的深圳，一起过来这边实习。我们是一个大学的，不同专业，我读新闻专业，他念市场营销。几个月后，他顺利过了实习期，留在了那家大企业，做市场推广。

那时候我们一群校友因为刚来深圳，没有什么压力，成天无忧无虑，一到周末就聚会。爬山啊，聚餐啊，唱K啊，周边游啊，凡是能想到的，我们都玩了个遍，微博上满是我们的吃喝玩乐照片，还互相艾特转发又评论，不亦乐乎。

他很少参加我们的聚会，叫了他好几次，都因临时有事而爽约，而他的“有事”，大部分都是加班。

有一回，周六晚上，我们去他公司附近唱K，想起来他刚好也住附近，就打电话给他，说你小子再不来我们就绝交啦。他说在加班，晚点就来。

凌晨一点钟，我们还在唱，他匆匆赶来，还背着双肩电脑包，神色疲惫，我们一看，天呐，周六还加班加这么晚，要不要这么拼啊！他淡淡一笑，喝了几杯果汁。

过了半个小时，他起身满脸歉意地和我们说要回去，我们哪里肯放过他，说你就住附近，丫的十分钟就到家了，明儿是周日，你急什么！

他充满愧疚地说不好意思，第二天要去上海出差，早上6点的飞机，回去洗漱洗漱收拾完东西就要往机场赶了。

这下子换我们不好意思，说你早说啊，不过，这么拼，不累么。

他淡淡一笑，以后会好点的。

然后几个男同学送他出去了，我们几个女生连忙拿起手机点开他朋友圈，发现只有几条他们公司的宣传微信，除此之外，什么也没有。

这傻帽，这家伙，加班加这么晚也不知道晒个朋友圈让领导看一看，太傻了。女生们嚷道。

两年后，同学群里有个男生发了个消息，顿时炸开了锅。

B先生升职做了经理，要知道，他待的那家企业可是世界500强啊！

哎呀妈，群里不安静了，躁动着。

他被艾特出来了，发了个笑脸，说择日不如撞日，今晚请大家吃饭。

他开着一辆黑色奥迪Q5过来，脸上是从容的神色，还有几分沧桑。

席间，我们问他，是怎么这么快就做到这个位置的。

他说，苦×工作，苦×加班，努力，再努力。

那你现在还加班吗？一个女生问。

加，还有更高的挑战等着我呢，他微微一笑。

C：世界是个豁口，站出来就能看到全貌

我们常说世界那么大，不去看看怎么对得住青春年少，但总是困于世俗，陷于庸俗。好不容易出去旅了个小游，忙着自拍，风景没看多少，自拍照倒晒了不少。

不起眼的CC姑娘生得娇小柔弱，找了个高高大大的男朋友，颇有长腿欧巴的气质，但却很少见她秀恩爱。

没想到几年后她居然出书了，书的内容居然还是环游世界的，记载着她和男友去往二十八个国家的点点滴滴。

朋友们知道了惊呼：天呐，她居然文笔这么好！平时都没见她晒呀！

书里的照片很美，署名竟然都是他男友，翻了翻，发现照片拍得特好，不仅景色拍得美，人尤是。

天呐，有这么个会拍照的男朋友，居然不在朋友圈里晒照片，简直是浪费啊！有朋友抱怨道。

仔细想了想，人家浪费吗？一点儿也不。在朋友圈晒自拍照，首先得开美颜相机，连拍十几张甚至几十张后，挑几张出来，打开美图秀秀修图，还要编一段煞费心机的话，才发出来，十几分钟甚至几十分钟的时间就这么没了。

CC姑娘呢，用这时间去看世界，用最真实的镜头记录所行之处的每一处风景，再静下来把它们变成文字变成册，变成人生最珍贵的记忆。

然后不声不响地就出书了。

D：董小姐的职场风光

董小姐是圈子里有名的女强人，不到30岁就做到了副总的位置，叱咤职场风云数载岿然不动。

32岁那年，董小姐怀宝宝了，但依旧坚守岗位丝毫不懈怠。临产当天，她还在和客户谈项目，直到宫缩五分钟一次了，她才结束了会议，然后不慌不忙地去停车场开车，一个人跑到医院就把孩子生了才通知先生和家人。两个月后重返职场，依旧风光动人。

四个故事讲完了，ABCD都是我生活中活生生的事实。

而我们也会看到，朋友圈中，会有这样一群人：

晒书，一晒还好几本，结果可能一本都没看完。

晒加班，睡到半夜醒了起来上厕所也不忘补一句：还在加班。

晒出游，去哪儿都晒，哪儿没去也晒，成天嚷嚷着要出去看世界，却也不过是让世界都看自己的自拍照。

晒恩爱，作死晒，最后没有缘分了走到尽头了又回过头来猛删微博朋友圈。

你要做一个不动声色的大人了。这句话是村上春树说的，许多人用它发微博发朋友圈，甚至当作个性签名，然而，真正学会不动声色的又有几个？

要知道，牛的人，根本不炫。

你何时才能做一个不动声色的大人，取决于你拥有一颗怎样的心。树欲静则风止，这才是不动声色的境界。

继续修炼吧！少年。

后记：

这篇文章写于2015年12月，是我迄今为止转发量好评量最多的文。我一直在思考究竟是什么原因。直到2016年7月的一天，微信公众号后台收到这样一条留言：“海欧，去年考研期间看到了您的这篇文章，于是静下心来潜心学习，如今我也是华南理工大学的硕士研究生了。谢谢您，我要继续做一个不动声色的大人，继续向你表哥学习。”

此刻我终于懂得了一篇文章的力量，以及它所包含的能量。

难走的，通常是上坡路

1

大学的时候我进报社实习了将近两年的时间，那两年里我主要跑经济新闻，写了大量经济类的新闻稿件。由于我那时还是在校大学生，一边读书一边实习，所以，负责带我的记者老师对我也比较“放任”。少了条条框框的限制，我的采访大多比较自由，除了一些大型活动需要跟着记者老师同去，其余的采访，我一般都喜欢自己寻找素材和采访对象。

那个时候最喜欢采访的是各路创业者，开餐饮的、开补习班的、开服装店的，总之，只要是自己白手起家创立起来的，我都非常感兴趣。

我不好奇他们有多少财富、有多少挣钱之道，我只是非常想知道，他们是如何熬过那段艰苦日子的。尽管我没有经过商，但我能猜到，无论最后成功与否，其中必然有段难熬的岁月。

第一个接受我采访的，是我们学校对面的一家计算机培训机构的创始人，李老师。

和大多数创业者一样，他也是以自己的专业起家的。大学主修计算机专业的他，毕业后从湖北到广州打拼。在广州工作期间，他敏锐地感觉到电脑发展的前景，就有了开办电脑学习班的念头。一年后，他回到家乡创业，彼时正是千禧年，计算机飞速发展的时候。那一年，李老师26岁。

起初，李老师只是在家里开设简单的电脑培训业务，靠着十来台电脑，辅导熟人介绍来的几个学生。没多久，他就不满足了，于是开始寻找场地，筹备建立一个较大的培训中心。那段时间，就是他最艰苦的时刻。

首先是资金，由于是白手起家，没有殷实的家底，李老师果敢地选择贷款，这在当时是一个非常冒风险的事情。要知道，弄得不好，随时都有可能倾家荡产。

他笑称这是一场“从负到零”的创业。

筹备好之后，招到的第一批学生还不到三十人，他急得团团转，开始玩命地工作，忙起来连饭都没有时间吃，还常常熬夜备课到次日凌晨三四点钟。

他告诉我，那是他这十年创业生涯中最难熬的时光，觉得路真难走，且走得十分吃力，大汗淋漓。由于异常焦虑，本来已经够辛苦的他，还失眠，整夜整夜睡不着觉。很多次，他的家人看不下去，劝他放手，以他的条件，去学校里任教不是难事。只有他自己明白，一旦选择踏上这条路，便无路可退，或者说，是自己不允许有后退的念头。靠着这样的决心，他艰难前行，直到培训中心渐渐步入正轨。

直到现在，他才觉得，原来那是一次从谷底向上爬行的日子，因为是上坡路，所以走得才艰难。如今他的培训机构，已经是全城规模最大、载誉最多的计算机培训中心，一整栋楼，都是他的。

若非前路的坚持，也绝不会攀登到这一步。也正是前路的坚持，才成就了现在的登顶。

2

还有一个采访对象，是一个开汉堡店的大学生，姑且叫他小陈吧。

毕业后的小陈，家里给他安排了一份稳定的工作，收入可观，清闲自在。小陈去上了一个月的班，就决定辞职。

他告诉我，不想就这么一眼看完自己的一生。

于是不甘平淡的他开始捣鼓创业，他笑称自己的创业完完全全是折腾出来的。

创业前，他考察过当地市场，觉得“洋快餐”在当地比较流行，但普遍消费较高，于是他决定自创一家洋快餐小店，做大众喜爱又都消费得起的食品。

揣着几千块钱，他只身跑去武汉学习制作汉堡的成套技术。由于经验不足，误入一家假冒技术培训公司，交了学费，学到的却是假技术，加之不包吃住，带去的钱很快就所剩无几了。请求家里支援是不可能的，因为辞掉工作的事情已经惹怒了双亲，他不再问家里要一分钱，也想以此证明自己可以凭能力自食其力。小陈找大学同学借来几百块钱，这才不至于流落街头。他笑称那时的他简直就是流离颠沛，有时候站在江滩边，觉得唯有那安稳的桥洞才是最好的栖身地。

后来学到了技术，汉堡店开张了，但由于自己的技术不过关，小陈做出来的汉堡口味不正宗，得不到认同，有时店里一连几天没有顾客。

他陷入了从未有过的恐慌。

“从来没有觉得生活有这么难过，我每天都在担心自己会不会第二天就饿死。”这是他对我说的话。那个时候，他过着每天为生计发愁的日子，即使这样，他也还是没有放弃，因为还是有顾客，喜欢吃他做的汉堡。

靠着打不死的决心和慢慢积累起来的客户，小陈的汉堡店终于开始盈利，经过几年的经营，现在已经开到第五家分店了。

“年轻人，就是要拿出那股子风风火火的劲来，敢做敢闯！”这就是小陈的决心与干劲，多难的日子，都不放弃。

3

毕业后我来到深圳，步入职场，更是深深体会到艰难的含义。我身边所熟识的人，不论同事、同学还是朋友，凡是站在高处拥有高职位高薪水的，必定是经历了负重前行的日子。

我的一位校友，如今是一家上市公司的老总，而十年前他曾经负责的房地产项目，由于逆市推出，遭遇了市场坚冰，一个又一个的团队战友离开，唯有他还在坚持，要知道，项目上市前的市场定位报告都是他写的，他深知这是一个极具价值的项目，未来一定会博得头彩。

整整两年时间，他都没有离开，其实但凡跳槽去到任何一家公司，都会操盘在售项目。在售意味着什么？意味着大把大把的佣金涌入口袋。但他选择守着自己的项目，只待市场峰回路转。

那段时间，没有佣金，靠着微薄的底薪，他步履维艰。更重要的是，要顶住来自四面八方的压力谈何容易。

首先是舆论，多家媒体报道他们的项目遭受大量客户的退筹，房子卖不出去，各种猜测也迎面而来。有人说是质量不过关，有人说是资金未回笼。他一面应付着媒体，一面撰写着大量的文章来阐述自己的项目。没错，亲自写。他说，没有人比我更懂这个项目，因为它是我酝酿的。

接着是公司高层的压力，以及下属的不满和怀疑，他都一一顶住。

两年后，市场果然开始解冻，他们的项目因户型紧凑、设计新颖，受到年轻人的关注。与此同时，项目紧邻着的地铁四号线开通了，他们又是地铁口物业，地铁给项目带来的溢价，堪比流星一样飞速。

项目第二次开盘，当天售罄，他们的团队一炮而红，他的身家，也开始大涨。

大量的媒体报道让人们记住了他作为项目经理的风光与干练，而这两年的辛酸与苦楚，只有他自己，才体会得到。

4

可不是，越艰难的，才是越向前的；越难走的，才是越向上的。倘若我们一直行走得十分轻松，那一定是在做平行运动，没有坡度，也就不会上升。而如果走得毫不费力，甚至是不需要付出力气，那一定是被惯性推着下滑了，降职、挂科、失败，将接踵而至。

人生是段漫长的征途，有人选择毫不费力甚至倒退的生活，然后越来越穷困，越来越潦倒。有人选择轻松行走，遇到上坡路段，则绕道而行，这样的人，永远站不到更高的位置。而只有那些选择艰难爬坡的人，双手布满荆棘却仍旧咬牙往上爬的人，才会站在高处，望到其他人所望不到的风景。

这个世界是公平的，也是不急功近利的，没有事情是可以徒劳而获的，一切都是御风而行。你若想获得想要的东西，必须通过一段勤奋努力的岁月。而等到你终于得到，一回头，你会发现，原来难走的，都是上坡路啊。

你的气质里，藏着你奋斗的心

1

去咖啡馆写稿子，写到一半，碰到一个曾经熟识的姑娘，大家许久不见，于是坐下来聊了会儿。

她告诉我，近期打算结婚，已经买婚房了。我一面祝福着她，一面听她讲她的罗曼史。

这姑娘大学毕业后来到深圳工作，和其他大多数年轻人不同，她并不是因为梦想和激情，而是想要一个良好的环境，从而过上更优越的生活。

来深圳的五六年里，她换过几个男朋友，都是非富即贵的那种，要么很有钱，要么家里很有钱。我问她是不是因为眼光太高，她说：才不是呢，我得为婚后的生活做打算呀！

婚后，你打算怎么生活呢？我问。

嗯，定下婚期我就会辞职，然后挑婚纱，拍照片，选钻戒。她说。

婚礼结束以后呢？我继续问。

在家当太太呀，负责貌美如花呀！

所以，什么都不做吗？

要做什么？做头发，做指甲，做面膜，做个美少妇！她乐呵呵地说。

那你靠什么来养活你自己？我问。

姑娘表示非常吃惊：我都结婚了，还用得着自己辛苦挣钱吗？当然是老公养我啦！

那你婚后的生活，跟死人有什么区别。我忍了忍，没把这句话说出口。没说出来的原因有很多，比如我不想这么伤人，不想和人发生无谓的争执，但其实最重要的是，我和她非亲非故，一切都只是听了她的一通炫耀之后的一点感想，没必要夸张成毒舌的愤慨。

2

身边有太多太多的女孩子，婚后当起了家庭主妇，整日围着厨房和孩子转。要说孩子还太小需要照顾，也是无可厚非的，但当孩子上幼儿园了终于可以闲下来了，她们搓起了麻将，开始了家长里短无所事事的日子。

我的公众号后台也会收到诸如此类的消息。

有位三十多岁的读者说，她婚后就不再工作，在家带孩子，没有经济来源，老公是她的唯一保障。后来男人挣了钱走了运，就开始嫌弃她了，说她白吃白喝，还要买衣服买包包，每次给她钱都不情不愿的样子。她问我该怎么办。

我问她，有没有什么手艺或者技能可以用来挣钱的。

她说：以前是学会计的，但都丢了七八年了。

我说：就是这七八年，让你如今的生活负重不堪。这七八年，你丢下了你的工作，可是生活不是一直都能让你无忧无虑享受的啊。从某种意义上讲，没有经济来源的女人就没有底气，没有底气，就会显得有点狼狈了。

我告诉她，没别的选择，你想要改变现在的状况，只有走出去工作，不要待在家里。

几个月后我又收到这位读者发来的消息，她告诉我，和我聊过之后，她思索了好几天，决定是时候改变这半死不活的状态了。于是她和老公表明了决心，说要出去工作，没想到老公很支持她。虽然她挣得不多，但每个月领到工资的时候，都非常开心。

她说，其实家里也不缺她每个月挣的这点钱，但作为家庭成员，一个身强力壮的成员，确实是没有权利白吃白喝的。她现在偶尔会加班，加班的时候老公还会打来电话关心她，甚至开车来接她，她觉得非常幸福。

听完她的诉说，我由衷一笑。

3

我曾经采访过一对开手创工作室的闺蜜，她们在哥伦比亚大学念书的时候认识，一个学法律，一个学金融，但都喜欢手工创作。毕业后，她们也都去华尔街工作过，在职场上厉害起来连男人都怕，狠起来所向披靡。

她们挣了一笔钱之后，毅然辞掉了令人羡慕的工作，回国，回到深圳，创办手创工作室。其实她们都是家境优渥的姑娘，完全可以靠家里，过着锦衣玉食的生活，可是内心骄傲的姑娘才不会这么干呢。

她们每天六点起床健身锻炼，九点准时去工作室开门，迎来学徒，开始手把手教学员们进行创作。烘焙、花艺、绘画和手作，她们都游刃有余，令我十分佩服。我是在她们工作室完成的采访，一边采访记录，一边看着她们忙碌的授课身影。那个下午，我觉得非常愉快，一种积极的、健康而向上的美感从她们身上散发开来。

有时候奋斗，并不单单只是指工作，你也可以有自己的兴趣爱好，但千万别是麻将和网游。你得有一颗向上的心，来义无反顾地干着一件甚至更多的事情，成为一个有底气的姑娘。

4

作为女孩子，从时间上来说，我们拥有的年华真的不多，最美好的那几年也就是二十多岁。而读完大学出来就二十三四了，在30岁之前，还有七年的时间用来奋斗。这是我们用来拼命的日子，过了就没了。

我欣赏那些在不同阶段都保持奋斗的姑娘，我觉得她们的身上是发光的。和这样的姑娘在一起，令人舒适和敬佩。

奋斗，是我顶喜欢的一个词，这个词饱含太多的能量和价值观，在我看来，一个三观正确的人，他的一生，几乎不会与奋斗绝缘。

不知道从什么时候开始，我们的世界开始形成一种可怕的价值观，在这种价值观的影响下，女孩子们只想着找一个条件优良的男人结婚，然后一婚解千愁，从此安身乐命颐养天年。抱着这样的心态，迟早会受到生活的反噬。

这世上根本就没有什么一蹴而成的事情，越是想要一样东西，就越要付出强大的努力。

试想一下，不奋斗的人生状态是怎样的呢？或许你可以依靠父母或者伴侣拥有不错的生活，但你自己呢？你的人生是要靠依附于他人才能存活下来吗？这实在不值得炫耀，在我看来，这是一种悲哀。

父母再心疼你，也会先你而去。伴侣再宠你，迟早也会因为没有相同的三观而嫌弃你。那么最终呢，你还是要靠自己，才能活得漂亮。

真正有底气的姑娘，是保持奋斗的姑娘，这种底气永远不会打折，也永远不会消失，它伴随着你，成为你身体的一部分，继而渐渐演变成一个名词：气质。

都说一个人的气质里藏着他读过的书和爱过的人，我觉得还应该带上一个，那就是——他奋斗的心。

看一个人，仅仅从气质上，就能知道他是否是一个努力的人，一个奋斗向前的人。

所以，姑娘们，无论你身处何时何地，都请保持奋斗的姿势，你要知道，婚姻只是一个人生步骤，而不是一个稳定的饭碗，你想要的东西，自己挣来的，才是完全属于你的。

最后，送给那些不论贫穷与富贵、不论单身与已婚都愿意奋斗的姑娘，一片雷动的掌声！

最好的修养是不欺弱不欺穷

1

2016年4月，一条“顺丰快递员被打”的视频在各大平台迅速发酵，热门评论里大多是在骂打人的那一方没素质，要人肉出来。

我点开视频完完整整看了一遍，看完后，一方面觉得快递小哥确实挺委屈的，把人家的车刮了，是无心，走正常的赔偿流程就好，何至于引来一顿“连环巴掌”和“破口大骂”呢?

嗯，打人的那人，确实挺没素质的。

想起冯小刚演的电影《老炮儿》，六爷被一小混子扇耳光的情景。原因是六爷的儿子刮了人家官二代的法拉利，六爷拿出几千块钱说多了也别找了，算是赔不是了，顿时引起哄堂大笑。年过半百的六爷，大概是不知道法拉利顶级跑车会值多少票子。小混子嘴里不干不净，六爷说了两句，引来一个响亮的掌掴。当时气氛凝滞了，六爷缓缓抬起头，说：这修车的钱，得赔，可这打出去的巴掌，也得还回去，这叫规矩。

最终，这巴掌，六爷还回去了。

混江湖的人都讲规矩，只有不知天高地厚的人，眼里才只有弱势群体和权贵之分。这帮人，对于权贵趋炎附势，对待普通阶层的弱势群体，动不动就爆粗口，辱骂，甚至掌掴。

他们为什么敢如此嚣张，说白了，就是欺负人家是快递小哥，欺负人家是弱势群体，这样的人，身上完全看不到“修养”二字。

弱势，不仅仅是职业上的“弱”，还有性别、年龄、身体状况等各方面。那些性别歧视、欺负老人孩子残疾人的，大多也不是什么有修养的人。

2

某日坐地铁，晚高峰的深圳，人满为患。到国贸站的时候，上来一位大爷，看穿着应该是做保洁之类的工作，衣服上有些尘垢，乘客们纷纷避让。大爷默默地站在车门边，并不往车厢里靠。

这时候，一个二十岁出头戴着耳机的男孩子从座位上站起来，摘下耳机，冲大爷喊了声，给他让座。

还有一回，在超市购物，排队买单的时候，队伍前面排了一位孕妇，提着布袋子，正在缓慢地数着零钱。后面的人等得不耐烦了，有人催她，她很着急，一不小心，袋子里的硬币散落了一地，她连声道着歉，蹲下去捡，由于大着肚子，动作有些艰难。

这时，一个姑娘走上前，不顾裙子坠地沾上灰尘，也蹲下去帮她拾硬币。然后，旁边的一个小男孩也趴下去帮忙，他的妈妈，半分钟前还在抱怨催促，看到几岁的儿子如此举动，也不好意思地弯下腰去帮忙。

这才是这个世间，该有的温情。

3

去满记吃甜品，听到旁边桌子的几个姑娘在聊天，聊的是“该不该和穷人谈恋爱”这样的问题。

A姑娘说：最近有个男同事追我，长相还行，就是太穷了点，别说房子了，连车都还没买。

B姑娘说：那可千万别答应啊，答应就完了，你这辈子就搭进去了。

C姑娘说：就是，男人一穷就志短，就小气，啥都不舍得买给你的。

D姑娘说：那个男孩子多大年纪呢？

A姑娘答：二十五六吧。

D姑娘说：这么年轻，只要上进，不会一直穷下去的吧。

然后ABC就开始围攻她了。我回过头去看了她们一眼，一个个都年轻漂亮，并且打扮时尚。

四个女孩子，各有姿色，但那三个，仅仅是漂亮而已，她们有一点是远远比不上第四个姑娘的——修养。

这才是一个人最大的美貌。

4

我有一个大学同学叫宁宁，大学的时候谈了个男朋友。那个男生品学兼优，积极上进，就是家境不太好。

毕业后宁宁和男朋友去了上海，努力打拼，宁宁是那种单纯善良的姑娘，根本不去计较当时还一无所有的男朋友。

她的妈妈却在这个时候出现了，让宁宁分手回家。理由是，那个男孩儿给不了宁宁好的生活。

一向乖巧的宁宁和母亲对抗起来，她说：你不是我，又怎么会知道我想要什么样的生活？

她妈妈说：他现在房子房子买不起，车子车子开不起，你每天挤公交挤地铁，这种日子怎么过得下去！

宁宁说：妈妈，你也说了，他是现在买不起，不代表五年后、十年后买不起。我喜欢一个人，是喜欢他的品格，他的积极向上，这是任何作为附加条件的物质都比不上的。况且，凭他的努力，这些物质的东西，我相信我们很快就会有的。

她妈妈拗不过她，只能作罢。五年后，他们还真的就在上海买了套房子，彼时的穷小子男友，也已经是年薪百万的华东区经理了。

参加宁宁的婚礼时我问她：万一男朋友还没有挣到这么多钱，你嫁吗？

宁宁说：只要我们的感情没变，不是不可以考虑的。钱财这种东西，除了努力，还得看机遇呀。我看上的是他这个人，不是别的什么。

这样的姑娘，真是美。

5

其实“弱”和“穷”，都是一种常态，但考验人性的，是你对待这一常态的态度，这反映了你的为人和修养。

不知道打快递小哥的那个人，如果当时碰到的是顺丰总裁王卫，还会有如此“豹胆”上前“反复辱骂和掌掴”吗？

碰到弱势的就辱骂就掌掴，这样的人不光没有修养，心灵也是扭曲的。他们的风格，大概是“遇弱则强，遇强则弱”，碰到比自己弱的，狠命欺负，碰到比自己强的，闷声退让。那副嘴脸，实在令人讨厌。

什么时候，我们对待社会各群体各阶层都能做到一视同仁，保持友善和亲和，我们的人均修养，才算是到了一个良好的水平。

再说说“穷”这件事。

不知道从什么时候开始，我们被赋予了一种“欺穷”的观念，这成为一种偏见，甚至偏激的行为。放在爱情上，就是没房没车没存款的穷小子万万嫁不得。放在人情世故中，就是对经济条件不好的人的避让。

刘同在《你的孤独，虽败犹荣》里写道：愿你始终相信爱情，不受世事桎梏，找到一个不是“将就的人”拥有一场叫作“因为爱情的婚姻”。

是的，我们口口声声叫嚷着“愿所有的姑娘都嫁给爱情”，但是，当一定要在爱情与面包之间做一个选择的时候，有多少人马不停蹄地奔向了面包。

多少爱情，都是被贫穷给打败了。爱得再深，也不及一套钢筋水泥浇灌的房子，一辆发动机与logo组成的汽车。

在俗世的苟活里，越来越多的人不愿意奋斗，构思着“嫁个条件好的人从此舒适度日”这样的虚幻小说。更甚的是，还看不起努力奋斗的人，嘲笑着他们暂时所没有的物质。这不仅仅是偏见了，更是一种社会道德的败坏。如果人人都这样想，那么是否还存在“奋斗”这件事？

我曾经写过很多关于穷小子的故事，对于这样一种年轻而朝气蓬勃的生物，我认为他们的身上，有很多闪闪发光的东西，为什么不能嫁？

年轻时候的穷，并不可怕，况且，如果每个人都不靠家里不靠父母，那么在二十来岁的年纪，一定都不会是富有的人，除极个别抓住机遇创业成功的例子。

如果我们都是两手空空地走出校门，走向社会，那么谁不都是一样的呢？一样的年轻，一样的一穷二白，一样的一无所有，谁也没有资格嘲笑谁，谁也没有资格看不起谁。作为年轻人，我们有的是同一片春光，怒吼的力气和勇气，是可以靠赤手空拳打下自己的河山的啊。

在我看来，一个男人最有魅力的时刻，不是他中年发福腰缠万贯出手阔绰的样子，而是年轻时努力奋斗披星戴月披荆斩棘的身影。他们虽然可能暂时还给不了你什么，但我们始终要相信努力奋斗的意义不是么。

莫欺少年穷，要知道，有些穷和艰难，只是暂时的，而你的修养却是一记定格的胶片，是你人生的烙印，更是容貌的最好呈现。

愿你的容貌，是靠修养展现出来的，而不是一堆的化妆品。

看不起穷，实际上一种毫无修养的表现。选择在宝马里哭的姑娘，泪水浸过面庞，留下一个俗气的妆容，实在难看。巴尔扎克在他的著作《贝姨》里说过这样一句话：有钱人从来不肯错过一个表现俗气的机会。放在这里，应该是：没有修养的人从来不肯错过一个表现俗气的机会。

我们在人情世故中，往往也表现得非常俗气。对富有的人俯首称奴，对不富有甚至捉襟见肘的人嗤之以鼻，避之若鹜。丢掉的不仅仅是道德，还有尊严。

穷并不可怕，因为我们还有改变贫穷的决心和能力。比穷更可怕的，是没有修养。什么时候，我们能停止这一偏见，拥有不欺穷的修养，我们的社会，才是一个健康的、积极向上的环境，才是一个幸福指数颇高的美好时代。

光芒并非天生，而是自带

1

一个朋友，属于阳光积极型的那种，学的是工科，却自学设计，混了几年，如今是一家广告公司的设计总监。有一回他和我聊天，说起一些成长的片段，他告诉我，小的时候，他非常自卑，走到哪里，都觉得周身全被笼罩在一片阴影之中，毫无光芒。

他从小生活在一个家族式的大家庭里，堂哥堂姐要么是学霸，要么身怀绝技，钢琴英语和奥数，样样精通。而他只是个普通得甚至毫无亮点的孩子，生活在他人光芒的身后，独自承受那份阴暗面。

他觉得，他们的才华都是天生的。

后来有一次很偶然的机会，他和堂哥一起参加暑期夏令营，白天训练十分艰苦，晚上回到宿舍，他倒头就睡。不知道睡了多久，他迷迷糊糊地醒来，看见堂哥还坐在凳子上点着台灯在忙活什么。他问，堂哥你在做什么？

答曰：在做奥数题。

他看了看手机，是夜里十二点。他没有多想，翻了个身继续睡觉。

第二天清晨，闹钟响了，要起来集训，他睁开眼睛，发现堂哥正穿戴整齐地站在窗前，手里拿着一本小小的书来回踱步。他又问：堂哥你在做什么？

答曰：在背英语单词。

他的那位堂哥，只比他大两岁，却在行动上，高出他一大截。

什么是自带光芒的人？就是在你睡觉、玩耍、偷懒的时候，还在奋斗的那一拨人。

而他也终于明白：光芒不是天生的，光芒是自带的。

何谓自带？——自己带给自己的，才是光芒。

正是从那一刻起，他觉得是他误解了这个社会，所有看起来毫不费力的人生、毫无悬念的优秀者，往往都是最用功的人。他们付出的东西，远远超过你看到的表象。

2

小时候，我除了作文写得还可以，也没别的特长了。到了高中，班上有很多写得好的同学，但每次作文成绩我还是数一数二的。对此，我十分自豪。后来文理分班，我选择了文科，班级进行了重组，一下子，又有好多写得好的同学分到了我们班。

当时，我同桌打趣道：现在你应该有危机意识了吧，来了这么多厉害的家伙。

我还真就觉得顿时气短了一下。

后来学校举办作文竞赛，每个班要选三名同学，我紧张得要死，写了篇作文交上去，心中并不抱太大希望，结果老师宣布的三名参赛同学当中，有我。当时那个开心呀。

作文竞赛结果出来以后，我得了全校第一。当时班上有个调皮的男生，在班上跑着宣布了一遍，同学们纷纷道贺，那个场景我至今还记得。接着一连三届作文竞赛，我都是全校第一。高二那年我还发表了处女作在《少年作家》上，这个消息被欣赏我的语文老师写成喜报贴在教学楼一楼大厅，我在学校出名了。然后我就飘起来了。

我觉得我才华横溢，全天下都是俗人。我甚至觉得我和韩寒是一个等级的，可以一起打怪。可后来发现，自己似乎连小妖都算不上。

到了大学也是放浪得不行。那个时候，大学在我眼里，简直是个自由的乌托邦啊，我在里面看书写文，尝试各种风格，发表了一些文章。那一刻，我还是坚信我的才华的。再后来，做了一份校报的总编，得了湖北省好新闻二等奖，我觉得自己的才华是不是从此就具有社会属性，可以沉淀下来了。而就在这个时候，我毕业了。

毕业后，一心想在工作上混出点名堂的我就此搁浅了写作，虽然中途写过一篇无人问津的长篇，但没有出版社肯出版。2015年4月份开始写短文，慢慢地，踏入了写作者的这个圈子，结识到更多优秀的作者和他们的作品，也更加发现，才华这个东西，是靠不住的。

首先，大家都是写作者，谁还没两把刷子？

其次，你再有才华，如果一年写一篇文（长篇小说和剧本除外），谁会记得你？

再次，在这个没有矢量的文字世界里，谁能说自己是最有才华的人？谁又能证明谁比谁更有才华？

历史记住的，都是那些努力的人。

即使有些人确实才华横溢，像李白，像李贺，但他们哪一个不是写了几千几万首诗才得以脍炙人口、流芳百世的？

没有人生来光芒万丈，只有在后天的努力中才能让光芒紧跟左右。

人们容易看到事物表面的光鲜，却很难看到内在的根基和生长。

3

某天，和陈年基友腻蝈蝈聊天，这货是我小学一年级就认识的人，做了六年小学同学，两年初中同学，两年半高中同学，后来这家伙跑去复读了，不然我们极有可能再做几年大学同学的。

腻蝈蝈人在四川，如今要见面，已经十分难了。

年前他突然给我的一篇文章打赏了一百块，吓我一跳，忙问他是不是被盗号了。

你丫才被盗号了呢。他回复我。

看来还真是他本尊。

许久未见，我们在微信上聊了起来。果然是老友，聊什么都能搭上线。

老朋友有一个好处，就是随时都可以聊到一块儿去，不会凝滞。

他问我现在能靠写作吃饭了吗？我说还不能，连糊口都不行。

那个时候，我的第一本书还没上市。

他说慢慢来，等你的书出来就好了，知道你的人就越来越多了。

我说，写了大半年，感觉自己就像娱乐圈里的群演，《我是路人甲》你看了不，我就是那其中一个渺小的群演。

这个时候，换作别人，要么觉得我是在吐槽，要么就是觉得我在谦虚，随便说句“加油”“你很棒啦”之类的就好，而腻蝈蝈说的是——

起码也是有台词的群演。

一下子，把我弄得快哭了。

他又说，而且你还是兼职，用上班以外的业余时间来写，并不是全职在家写作，你要明白这一点。

我说，我明白。我会再拼一点，争取能用稿费养活自己，再像韩寒一样，用稿费玩赛车，办杂志，拍电影，想想都觉得人生不再生无可恋啊！

人，可以没有梦想，但不能没有“幻想”。

写到这里，我不禁想说，如果，你真的在某一方面有天赋，或者说比其他人更高明一点，那你不妨就做这件事吧，因为人在有天赋的事情上取得的成就往往会高于你在其他领域的用功。但前提是，你必须勤奋。

前不久看了一则报道，讲的是一个90后创业的故事。三个90后的大学同学，毕业后一起创立了一家公司，做互联网产品。文章很长，说了很多他们的事情，我唯独记住了一个字——忙。

前一脚还在北京开会呢，后一脚就挤火车赶去上海，还是无座的票，三个人就在火车上继续碰撞思路，聊产品。

前一脚公司还在A市，后一脚就搬去B市了，接下来又是C市。总之，客户在哪，公司就在哪。

他们三个人，兼备属于自己的专业和才华，一个负责前端开发，一个负责VI，另一个负责谈判维系客户，就这样，创立了一个全新的互联网产品，客户包括工商银行这样的大主。我自己平时在工作中也会用到他们的产品，收集数据很方便。

创业前，他们只是三名普通的大学生，哪里会有什么光芒。而创业成功后，他们才是闪耀的人儿呐！

既专业，又勤奋，有头脑，还敢拼敢闯，这样的人，发起功来是非常凶猛的。

有文字天赋的，就写。有音乐天赋的，就练。有表演天赋的，就演。有经商天赋的，就去创。有数理化天赋的，就钻，就研。世界需要你们，有天赋且勤奋的人类，自带光芒的人类。

北上广不相信眼泪，我又不是来哭的

2015年11月，电视剧《北上广不相信眼泪》热播，我知道又要掀起一股子职场风潮了，同时也会涌现出大量的“喷子”，我也是其中之一。

前两天群发了一条消息，问大家对这部剧的看法，一下子收到好多回复，有人欢喜有人喷，有喷剧情的，有喷人物的，还有喷三观不正的。总之，十分热闹。

我们来看看剧中人物。

赵小亮，男一号，一个二十多岁身高一米八几的男人，走在哪里都是“行走的荷尔蒙”。他有脑子，有理想，有干劲，还有些小手段，他可以平白无故地走进世界500强的ABA公司，自作主张自荐面试，几天后收到Offer——从此你就是ABA的市场总监。

一个年纪轻轻的愣头青，除了帅就是拽，还有一些在行业内不太好的前科，还刚失业，就像他自己对女主角潘芸说的：“现在是你抄底的绝好时机，嫁给我吧！”

什么是抄底？就是指跌到最低点时入手。最低点的人生阶段，连潘芸的闺蜜都劝她不要在这个时候嫁给赵小亮，因为时机不好。

这是一种冷静的思考模式。

而赵小亮就偏偏在这个时候遇上拐点，进了ABA做市场总监，娶了潘芸做老婆，他以为自己的人生高峰就要来了，殊不知这只是场彻头彻尾的阴谋。

那个卑鄙的幕后操手就是老于，ABA的CEO，他招赵小亮进公司就是看好了赵的行业差评，利用这个在他看来是人渣的人，把公司专利卖给竞争公司。而那个专利是假的，他要借此掰倒竞争对手。

说白了，这是商业大鳄们玩的商业游戏而已，可是年纪轻轻的赵小亮不知道啊，傻兮兮地掺和进来，还以为自己牛轰轰。

可是商业大腕们千算万算，没有算到两点，一是赵小亮虽然玩惯了歪门邪道，但他本性却是个好青年，非但没有盗公司专利给竞争对手，反而还在公司危机的时候力挽狂澜，用歪门邪道的方法整得竞争公司元气大伤，在紧要关头救了ABA，一时间成为大家心目中的英雄，吊炸天的赵总。

这下CEO老于急红了眼，这小子是个根正苗红的好青年啊，这怎么行啊，老子请你来是让你来坑蒙拐骗偷的啊，你怎么能根正苗红呢！不行，非得把你掰弯了不可！

于是老于去勾搭潘芸，他以为潘芸是赵小亮的情人，于是就想以此来激怒赵小亮，让他产生报复的心理，从而变弯。真够混蛋的。

当然，下手了之后的老于没有算到的第二点，就是赵潘二人的真实关系，直到赵小亮杀气冲天拿刀指着他脖子告诉他“潘芸是我老婆”的时候，他瞬间呆蒙。

这天下只配我来算计，你们两个毛孩子居然反过来把我给算计了，我还要不要活了。在以上内心独白之后，也就是老于失策的时候，他骤然发现自己竟然爱上潘芸了。

本以为到这里就差不多了，赵小亮夫妇穿帮了双双辞职，从此世界再无破事，但因为老于死不要脸地继续追求潘芸，因为潘芸惦念她“华东区经理”的位置，他们居然又回了公司！

这里的人设似乎有点问题，仅仅是因为一个职位就回到一个危机四伏的环境，太说不过去了。潘芸在那个时候，已经有猎头来挖她去其他公司了，待遇都不差。又不是只有这一家公司了，偏偏还要回去，纯粹是为了剧情！

老于的奸诈远远超出小两口的设想，他用经济手段给赵小亮套上经济罪名，再用行政手段把潘芸打到公司最底层，最后用不要脸手段堂而皇之地继续追求潘芸这个有夫之妇。

然后，赵小亮被抓，潘芸哭，对老于假惺惺的帮忙感激涕零。

潘芸差点被业内的一个大佬潜规则，赵小亮哭，下跪求老于。

还有一些配角的戏，例如最老实的男人南海偷情，还被老婆在宾馆抓住了，两人都哭了。

剧情发展到这里，是有那么点“北上广使劲儿流泪”的意思了。

而看到这里的你们，我想也是心有不甘的：北上广不相信眼泪，可我又不是来哭的！

能想到这一点的，都是英雄好汉。

赵小亮不甘，所以无论心里的悲伤是否已经逆流成河，无论江湖多么险恶自己多么年轻，他都不甘，他斗，和每一个面目狰狞的家伙斗，碰到再过分点儿的人就直接上去抡拳头，打得人家头破血流，哭爹喊娘，看着确实痛快。

潘芸不甘，所以她根本不惧所谓的人生最低点，毅然选择在男朋友最低谷的时期嫁给他，无所畏惧。所以，在被公司打到最底层干着实习生才干的活的时候，她没有气馁也没有滚蛋，而是为公司签回一个又一个的大单。她总想着，我潘芸不是家禽，是天鹅！我潘芸凭本事吃饭迟早有一天我会翻身的你们都给我等着！

这夫妻俩有个共同点，就是跟什么都敢斗，赵小亮打了欺负潘芸的老总而被拘留，那老总点名要睡潘芸，睡了，就完事了，你赵小亮就能出来了。潘芸有那么一念之差险些上当，后来她的那股子不甘之心喷涌而出，操起烟灰缸把那禽兽砸得头破血流。

我觉得她那一刻应该在想，我是天鹅！岂是你这种畜生能玷污的！想睡我？老娘见一次打一次！

这大概就是这部片子带给我们的正能量了。无论处在人生的哪一阶段，无论那一阶段是高是低，都要起来争，起来斗，不做沉默的小绵羊，不任人宰割。

我不禁想起我之前写的大城市系列文章，有很多发生在大城市的职场小故事和小人物，他们是平凡的，是普通的，但都有一个特点，就是不甘心。

不甘，成为他们在大城市继续奋斗下去的理由。

大城市确实难，竞争激烈，孤独浓烈，房价壮烈，牺牲惨烈。一个不留神，你就被人玩死了，连复活的机会都没有。

我一位北京的朋友给我讲了一个事儿，他上大学的时候他的老师讲自己为什么拒绝了中国传媒大学的Offer而选择来他们这二流学校，原因很简单，因为他们学校能帮他解决户口和房子。要知道，在大雪纷飞的北京，户口和房子乃第一要素，木有户口，就木有房子，木有房子，就木有老婆。后面这句话是我的口头禅。

那位老师还给他们灌输了铭记一生的观念——你们所生存的这个世界，是既得利益者的世界，何谓既得利益者？比你们年长几十岁，拥有大量实业和不动产，而你奋斗一年连人家厕所的十分之一平方米都买不起；在单位身居高职不动摇，你拼死拼活也只是游走在他们眼皮子底下的虾兵蟹将。这些，就是既得利益者，有权有势有房有业，时代赋予他们的先机是你永远无法企及的。

于是他们操纵着现实，操纵着你的人生，你的未来，你不得不在他们手下打工，不得不毕恭毕敬，羡慕万分。

可我想说的是，先机这个东西不好说，真不好说，即使他们再拥有一切，也把握不了你的心性和命运。

你可以毕恭毕敬，但无须卑躬屈膝，可以欣赏仰慕，但毋庸攀附权贵。你有你的规则，我有我的选择。

年轻，虽一无所有，但我们有傲骨，有自己的原则，有自己的底线，有保护自己的武器，更有一颗随时战斗永不言败的心！

我来这里，不是来示弱的，而是来成为强者的。我的目的是来奋斗的，不是来哭的。想我哭？见一次打一次，打到你哄我开心为止。

别逼我，谁都有横冲直撞的时候

许多时候我们告诉自己要冷静，但现实情况下却不能。不是不够理智，而是条件不允许。

1

我的前一份工作是地产服务公司，偏网络广告的形式，接触的客户都是财大气粗的地产开发商，平时都是小心翼翼地维护着项目，不敢有倦怠，更别提吵架什么的了。

因为像我们这种作为乙方的人，从来只有忍气吞声，好像忍辱偷生一样。

这，在业内来讲，就是行规。

工作的第二年，我还是个小助理，勤勤恳恳，兢兢业业，那个时候没想过换工作，因为对于当时的我而言，这份工作给我的薪资是我迫切需要的，没钱，我交不起房租，混不到饭吃。没钱，我没有栖身之处，还有什么资格谈梦想和打拼。

有时候想想，钱这东西真是坏蛋啊。

我发现了，一个人穷困潦倒的时候总喜欢骂钱，觉得自己过成这样都是被这孙子给害的。

骂归骂，当你发现挣来的钱越来越多时，你可能又会爱上钱了。

我那个时候，就快爱上它了。

挣钱不易，找工作不易，所以我格外珍惜那份工作，再者，我毕竟是一个靠良心混饭吃的人，我觉得干好工作不光是一种态度，更是一种职责。所以，这份工作，我干得格外努力，即使只是一家小公司，即使是乙方，即使是个人微言轻的小助理。

作为乙方，甲方对待我们的态度是可想而知的，而关键是你不能吵不能闹，因为如果你吵了你闹了，那么不仅影响的是你的个人工作，整个公司可能都会受到牵连。

那算是我工作第二年第一个完全由自己单独对接的项目，项目虽不是百万平米级别的大盘，但也是新区中心地段的好盘，所以我一直非常用心地去做。

甲方有一位经理级别的人，十分自以为是，平时开会的时候就足以见得：只要他否认的事情，你就算是对的，他也说你是扯淡。完全听不见其他人意见的一个人。

有一回我在和地产网站对接项目的一篇新闻稿的时候，网站对接人告诉我，头条焦点图的位置已经没有了，因为在昨天就被预订完了，只能作为标题新闻放置在网站首页。我问她还能不能通融通融，调整一下，她说这是公司的规定，她也不能擅作主张。

作为同样都是服务于开发商的公司，我很理解，也不能强求什么，毕竟，人家公司有自己的规章制度，我不可能强行干涉。

我于是把情况反馈给甲方团队的对接人，哪知没多久就接到那个自以为是的经理打来的电话，我还没来得及把“你好”两个字说完，就被对方劈头盖脸地骂了下来。

你为什么没有给我们弄到头条位置?!

哦，是这样的，网站那边说不行……

那你不会要求他们吗!

他们说公司有规定的……

放屁！规什么定！让他们给我们上!

这……

你不要只给我们做个传话筒，这件事情必须搞定！我就问你，你搞不搞得定?!

我……我刚才已经和他们说了的……

那就是你搞不定咯！那我严重怀疑你的能力问题，你是怎么做事的，这么点破事都搞不定!

我被对方一连串的责问惊吓到了，是，甲方是可以强势，可不能不讲道理吧！在我看来，这他妈的已经不是强势了，是侮辱啊，都骂到我的能力上面来了。

我生平第一次在工作时间怒火燃烧。我对着电话，不顾办公室的同事们都在，声音洪亮地回敬过去：这不是我的能力问题，我的能力体现在我的本职工作中，而强行要求别的公司做事情，抱歉，这并不是我能力的体现，相反，这是一种泼妇行径。

对方一听，也火了：你什么意思？你骂谁是泼妇呢！我要跟你们老总说!

请便，我说，要不要我把我们老总的电话发给你?

事后，同事们纷纷小窗口我，说佩服我的勇气，不让自己委屈，我淡淡一笑，果然不出所料，老总的电话打来了。

我一五一十地对老总阐述了这件事的来龙去脉，老总是个明事理的人，也是做项目出身，很懂这其中的原委，所以并没有责备我，只叫我再和网站确认一遍是否真的不能改了，如果是，就让我联系甲方让他们自己出面去说。

老总有句话我至今都记得：是要服务好项目，但前提是，你和公司的底线都没有被突破。

所以，那一次我是横冲直撞了，但那是基于我的底线被突破了。人可以没有高度，但不可没有底线，否则，和街上流浪的阿猫阿狗有什么分别?

2

这件事过后半年，我升了经理，接到了一个大品牌开发商的项目，对方的经理（怎么又是经理）非常能言善辩，后来我听我们老总说，他也是才跳去开发商不久，之前一直在代理行业混。

这个世界有一种人，在乙方做久了受多了气，好不容易跳去甲方，就以为自己上天了，没事儿就吹胡子瞪眼，把对接的乙方一个个不当人使，这种人我十分不齿，然而，工作中我碰到过那么两三个。

这其中，就有那位品牌开发商的经理。一方面他是乙方跳过来的，就如我上面所说那样，上天了；另一方面他是刚入职不久，还没站稳脚跟，上头有比他大的领导给他施压，等着看他的表现。所以，把我们这些乙方往死里整。

有个地产网站上有这么一种排名，分别有每日、每周的TOP10项目，没有上榜理由，就只有一个赤裸裸的排名，鬼都知道那是靠水军刷出来的，所以有很多开发商都不玩那个。

但我接的这个新项目，跟中了邪似的让我们刷排名，一开始是一周必须进一次前十，后来衍变成一周要进三次，再后来更变本加厉，要求至少一次进前三，至少一次进前五。

我们负责网站的同事被整得快吐血了，跟老板说这么玩命下去他要么战死刷帖场，要么卷铺盖走人。我们老板一听，觉得势头不对，找我问清楚了情况，又去外面打听了一下，回来告诉我说，这事儿都是那新上任的经理整出来的，为了在领导面前图表现，而他们领导压根儿不看过程只看结果，所以并不知晓那个排名的由来是有多么无聊，只听得那经理拿着排名的截图绘声绘色地讲项目在网络上越来越知名了。

呵呵，就是图表现而已。

我问老板咋办，老板说，这人智商是有点着急，如果你们真委屈，这项目我可以不要了。

我大受感动，说有你这句话就够了，我们会好好做下去的你放心！

所以忍辱负重地干了好几个月，直到有一天，那经理在我们的工作群里跟发了疯一样开始数落我们，说别的项目怎么就能排第一，而我们的每次只能排第三，还说你们公司是不是没人了，活都干不过来了，要真是这样，别干了，用你们这种水货公司太不值了。

等等，前面的都好解释，我们大不了再辛苦点再忙点，可是最后一句是什么意思，侮辱我都不行，更何况是侮辱我的公司！

我不声不响地把近一个月的排名数据一个个截图下来，做成一个表，然后得出了几个饼状分析图，里面分别是从不同维度分析得出的结论，无论是哪个饼状图，他们项目在饼中的面积都是最大的，也就是说，无论从哪个角度而言，他们都赢了其他项目。

我把这份文件发到群里，言之凿凿地阐述着我们对这个项目所用的汗水和努力，这一下，激怒了那个经理，说我是故意和他作对，让他在下属面前很没面子。

我说：我就事论事，况且，是你出言不逊在先。

他气得大叫“解约”，我说：请便。

项目最终没有解约，他的领导从各方面的声音反馈得知这个家伙的行为作风有问题，于是把他开掉了。

再后来，这个项目的开发商成为了我们公司的长期合作方，自我离开那家公司，仍有业务往来。

3

我们生来不是为了承受委屈的，也不是为了讨好谁而贬低自己的。最重要的是，都是出来混江湖的，别自以为高级。要知道，心胸不大的人，未来的格局也不会太大。

你暴跳如雷的事情，我只觉微不足道

题记：当你以一个过来人的身份看待事情时，只道当时是寻常。

在我还不谙世事的时候，我曾固执认为这是个令人恼火的世界，随便一件不如意的事就能令我暴跳如雷。直到有一天，我发现，我曾暴跳如雷的事情，在别人看来，不过是件微不足道的小事。

1

我的大学同学，姑且叫他老孟，是我们这帮同学中最先创业致富的人。

老孟性格随和，广交朋友，大学毕业后没多久，就摸索着创业了。他开了一家店，自己一个人打理，凭借聪明的头脑，他和多家学校联盟策划活动，人气起来了，客流带来了，销售额频频高升。

老孟因此挣下自己的第一桶金。

其实也可以就此过上安稳无忧，丰衣足食的生活了。但老孟没有，他背包去了丽江，造访了不计其数的咖啡店和客栈。

一个月后他回来，开了一家咖啡馆，两家店并驾齐驱，横亘在市里的街道上，非常拉风。

自此，我们看到的老孟朋友圈都是一系列的“开店日常”“做咖啡日常”和“客人日常”，大概是这个样子的：

今天做了一杯爱尔兰咖啡，略苦微酸觉涩，“情人的眼泪”果然名不虚传。

和客人聊天，听听他们的故事，也是一种享受。

三杯咖啡三本书，慵懒的周末午后。

店内小公举折耳猫又调皮了。

于是我很羡慕他的生活，觉得比起我们这帮坐在密不透风的大厦里一本正经人模狗样的人来说，老孟简直被我惊为天人。多么优雅文艺啊！多么洒脱自由啊！

然而前不久的一天，和他短暂叙旧，令我发现事情不是这么一回事。老孟的生活，比我想象的要累得多。

老孟说，在很多人的印象中，咖啡馆应该就是冬暖夏凉，动听的音乐，空气中弥漫着浓郁的咖啡香气，有书，有慵懒的折耳猫……没错，这只是大家看到的表象。而事情的真相是，每个看似高大上的事业背后都有着无数个无趣甚至是令人讨厌的细节！

我从来没有说过，装修期间睡着拼着的椅子上，翻个身就要掉下去，被蚊子咬得满身是包。

没有说过，顶着烈日独自穿梭一整个汉口建材城寻找装修材料。

没有说过一个人在装修工人的失误下，自己清洗墙面整整三天，双手脱皮。

没有说过为了墙画不受破损，自己挤公交挤地铁，手都快勒断了，硬生生地从武汉提回来了。

没有说过，胳膊被玻璃碴划伤，血流不止。

也没有说过，楼梯反复的思考设计，昼夜不眠不休只为一个完美的呈现……

我甚至可以说出几百个真实的痛苦细节，让大家看清开咖啡馆的本质，但我并不想那样。我通常只在朋友圈发好的状态。我是个报喜不报忧的人。我之所以没有抱怨过，是因为我觉得那是我必须要经历和承受的。

老孟如是说，令我沉思良久。

“很多人都没有见我发火过，都说我脾气好，我哪里是脾气好，我只是经历得太多了，你们觉得暴跳如雷的事情，我只觉得微不足道。”

2

我之前的工作需要对接很多个项目，也常常会遇到形形色色不同的人，以及诸多不合理的要求。

有个客户曾要求我，夜里八点发当天的工作日报给他们，工作要细化到每个小时。也就是说，从早上九点到晚上八点，我要列出11项工作来。

这什么要求啊！不能因为我们是乙方，我们就不是人了吧，就没日没夜地工作了吧！

我的老板听后笑了。他说：我刚成立这家公司的时候，接到一个项目，对方每天夜里两点钟来电，督促我起来加班，理由是他们老板在国外，时差的原因，这个时候刚好是那边的上午十点。我要在电脑前工作两个小时，直到他们老板的午餐时间到。那个时候我这边的时间，通常是凌晨四点。

我十分惊讶，我说：你怎么不怒呢，这根本就是无理的要求啊！

老板说：工作的时候没有思考合理与不合理的机会，因为你一旦思考了，你就想放弃了。而放弃的念头一动，接下来可能就是一败涂地了。

我的老板，从二十来岁创立公司，十几年来，公司逐渐崭露头角成为业界翘楚。而我进入那家公司后，极少见到他发火或者暴躁。

“你们都只是走在我们走过的那段路上，那段路有个好听的名字，叫作‘年轻’。年轻的时候总觉得要对抗风雪，稍不如意就意气用事。其实到后面你们会慢慢明白的——风雪不需要对抗，因为我把我的工作当事业。”

3

小时候，我总是很难理解为什么我的妈妈总是有一副好脾气。

我和邻居小朋友分糖吃，为了多得一颗而打起架来，哭得惨兮兮地回家。本以为妈妈会帮我出气，没想到她只会说：

“我们小时候连盐都不够吃，你有糖吃，这么幸福了，为什么还要发怒打架呢？”

仲夏夜，家里突然断电，别的小区灯火通明。我吹不了空调，热得满身是汗，狂躁不安。我妈带我去外面散步，听蝉鸣蛙声，晚风习习，特别惬意。

“自然风，比空调和电扇更舒服，是不是?”

我点点头。

亲戚的找茬，同事的刁难，她总能轻而易举地化解。在她看来，没有什么大事，都只是一时心头怒火，而和气才是最大的事情。

4

写作写到疲累的时候，我和一位前辈聊天。我说我已经连续一个星期凌晨睡觉了，体力透支啊!

前辈说：我每天凌晨五点起来写作，晚上写到十二点，当你觉得这是你生活的一部分之后，就不会觉得是重负。

我说：我写了一年了，但感觉还是名不见经传。

前辈说：有个人，写了十年，没有出版过一本书。第十一年的时候有家出版社终于愿意出，上市半年卖了十万册。

我问：谁啊?

我。他说。

这个时候，我才发觉，我所在意的哀怨，在他人眼里，都是微不足道的。因为他们承受的，比我多得多。

“这个世界永远属于有耐力的人。”

5

是啊，在咖啡馆里工作真的没有我们想象得那样美好，它可能只是每天重复地洗杯子，也可能是在39度的高温下去购买食材，也可能是已经凌晨了还在等待客人的离去……

但是又有什么关系呢，这些都是微不足道的小事，多少艰难困苦，都可以通过调一杯咖啡就足以化解。

工作的时候碰到难做的项目难缠的甲方，提出的要求不合理时，问问自己，你是想要事业，还是只是一份工作。答案就很简单了。

压住心头怒火，才是真本事。

世界属于有耐力的人，也属于能够视别人的暴跳如雷为微不足道的人。他们所承受的，是你难以想象的。除了奋起奔跑，我想，再没有别的捷径了吧。

第二章 【小愚】

嗨，我亲爱的小傻瓜

你的人生需要一座灯塔

1

我觉得这世界上的生物分为两种，一种是容易被外界左右的，另一种就是被自我左右的。不存在两者都不受影响的生物。

试想一下，如果一个人非常强大，完全不受外界干扰，那么他一定是有着强大的自制力和毅力，也就是说，他是受控于自己的，这种人我们一般称其为强者。而另一种人呢，老是被外界干扰，自己上一秒发誓再也不浪费时间了，要好好学习好好工作好好挣钱，结果下一秒瞅见iPad，抱起来就开始刷剧打游戏了，这种人自制力不强，成为世界上最普遍的大多数。

王小波在他的《一只特立独行的猪》里面写到这样一头非常独特的猪：它虽然是和其他的猪一样被圈养，而且还是头肉猪。什么是肉猪？猪，分为三类：母猪，种猪和肉猪。肉猪本身也是有种的，但猪圈里不需要那么多有种的猪，就把那些公猪给阉掉，让它们不要成天想着泡妞，一心一意长肉就好。

但是王小波写的这头肉猪，它非常有个性，个性到什么程度呢？它从不待在笼子里，也不向人类乞食，它会跑会跳跃，一跃就跃到土墙上去，飞檐走壁。

王小波说，这是一只具有领袖特征的猪，堪比罗马起义的斯巴达克。因此对它十分景仰，还恭敬地称它为“猪兄”，并说它是自己在那段知青下乡岁月里难忘的事情。

作为生物来讲，这头特立独行的猪，就是一个不受外界影响的物种，是强大的，特殊的。

2

而在现世，我想我们大多数都是容易受外界影响的，会因别人的一句恶语而恼怒，因别人的冷漠而心寒，因天气不好而烦躁，因为我们是俗人，是大多数人中的一分子。可是，就算是这样，我们也要在不安的世界里活得自我一点。

写到这里，我不得不说说我在2016年初认识的一位大叔了。

这位大叔是我们杂志发行公司的配送员，我所在的公司有做季刊，这一期轮到我来负责杂志验收，所以，在2016年1月份深圳寒潮降温的第一天，我认识了他。

我们约在益田假日广场见面，就是世界之窗对面，那里有几个杂志派送点，我要去拍照检查杂志是否摆放到位。那天由于降温又降雨，路十分堵，我等了半个小时也没等来公交。于是我给大叔发了条短信，让他不要去那么早，可以推迟个十来分钟再去。因为大叔住南山，过去也就十来分钟，而我住梅林关，过去至少要四十分钟，所以那个时间点，大叔是还没有出门的。

等我到了见面地点，大叔已经远远地候在那里了，我问他几点到的，他哈哈一笑，说没事儿，就早到了一会儿。后来吃饭的时候我才得知其实他提前半个多小时就到了，我相当过意不去。

大叔非常健谈，看起来也十分年轻，一开始我是喊大哥的，结果他告诉我他的年龄，呵，居然和我爸是一辈的，完全看不出来啊！

大叔骑了辆电动车，因为我们的杂志派送点十分多，仅深圳华侨城片区就有近百家，我要抽查三十家以上，而这些点又比较分散，有的在益田假日广场，有的在华侨城波托菲诺，有的在华侨城广场，总之很多。

那天下着大雨，天很冷，好在大叔很热情，我简直被他的乐观感染了。由于杂志是大叔在一周前配送完的，所以我们去的那些派送点的工作人员或者是老板，都和大叔相当熟，简直到了称兄道弟的程度。

那些派送点实际上就是一些酒店大堂、咖啡馆、美容店、酒吧、特色餐饮和书吧，可想而知，行行业业，形形色色，什么样的人都有。咖啡馆酒吧的往往都是小资，个性又装×。特色餐饮的诸如韩国料理回转寿司什么的，又都是有钱的老板开的。美容店的就不说了。书吧的往往安静，清高而斯文。

神奇的是，大叔能和每一个店里的伙计或者老板都相处融洽熟到以朋友相称，令我十分佩服。

其实像大叔这样做着派送杂志的工作，月薪高不到哪儿去。我一直以为他的生活过得十分艰苦，然而后面的聊天我才发现我大错特错。这大叔，可以算是位“土豪”了！

大叔是黑龙江人，1998年来到深圳，干过很多不同的工作，七年前开始做杂志配送员，月薪不到五千。然而，大叔的眼光非常好，2002年，在深圳房价第一轮上涨的前夕，大叔果断买下了南山一套一百多平的房子，全额付款。他说那个时候他把所有的亲戚都借了个遍，之后负债累累，用了近八年的时间才还清。

这套当时不到四十万元的房子，如今值钱得要死，值多少钱呢？呵呵，大叔两年前把它卖了七百多万。

大叔卖房子是因为自己的女儿，一个优秀得令人景仰的学霸姑娘。90年生，四年前从中国政法大学毕业后，顺利进了最高人民法院，如今是位法官。大叔用卖房子的一部分钱给女儿在北京三环买了套新房子，付了首付，月供由女儿自己来供。但对于一位年纪轻轻就进了最高法院当法官的姑娘来说，这点月供，压根儿不是什么难事。

我问他：你咋不去北京呢？

他说他不喜欢北京，堵得要死，空气还不好。

我问他接下来什么打算，他说再在深圳干几年，就带老婆回黑龙江养老啦。

大叔说，他并不想靠女儿养老，虽然他女儿是完全有能力帮他们养老的。

非常自食其力的一位大叔。

中午他请我吃饭，我推辞不掉。去了华侨城的一家韩国料理，结果大堂经理又是他熟人。我说，全深圳的人你是不是都认识啊。大叔笑了，没有没有，但是只要认识了，就是我朋友！

豪爽的大叔啊！

吃饭的时候我才领略到有个大堂经理的朋友，真好。首先，送了一桌的小菜。然后，送了一大盘类似披萨的煎饼。我不大吃韩国菜，也没看菜单，不知道那些菜的名字，但我记住了满满一桌子的菜，相当丰盛。

我觉得，大叔就是属于那种不为外界所动坚持自我的积极分子，他活得很快乐，很潇洒，朋友遍天下，任何大事到了他那里都是小事，任何小事在他看来都不是事儿。

这跟性格有关，跟阅历有关，我暂且学不来。但我想，人生中有这样一位乐观的老友，也是相当不错的，他的乐观天性无时无刻不在感染着你，令你不再对这个世界冷眼相待，令你越来越喜欢这个世界和世界里的大千万象。

3

我想起大二那年和四个同学一起去的那次单车旅行。我们一共五个人，骑着五辆简易的单车，背着双肩包，用国庆假期的时间，骑行了三座城市。

我是其中个头最小也最瘦的，但毅力还不错，真不是我自夸，我们白天骑行一百多公里，晚上我还能精力充沛地拽着同伴们出去玩，把他们累死。

还记得我们骑到湖北荆州的一个路段时，在一片荒郊野外的途中，遇到一位老大爷，七十多岁，骑着一辆单车，驮着行李，其中包括帐篷和脸盆。

他时常露宿野外，乐在其中。我们简单地交谈了一会儿，我发现这位老大爷太乐观了，他觉得这个世界除了生死，一切都是小事，更何况，他并不在意生死，因为那不过是命数。他要做的，就是活得精彩，活得漂亮，没有什么比行走在路上更令他快乐的了。

由于时间有限，我来不及问他过往的岁月和经历，但我想，这位大爷一定是经历过大风大浪的人，只有这样的人，才会看淡一切，才会敢于不断挑战自己，即使自己已经过了七十岁。

我们由衷地佩服。

那段骑行回来之后，我写了篇文章来记录这场特殊的时光，文中我写到了这位大叔，我将他比喻成一座灯塔，可以照亮其他人前行的灯塔。

我们都是海上行路的匆匆过客，有时风平浪静晴空万里，有时波涛汹涌一片黑暗。而那个时候，你需要一座灯塔，为你指明方向，令你在前行的道路上无忧无怖，勇往直前。

就像英国意识流作家弗吉尼亚·伍尔芙的那本巨著《到灯塔去》里描述的那样，在主人公小的时候，"灯塔"是一座"银灰色的、神秘的白塔，长着一只黄色的眼睛"的具象，存在于海面之上。但当你真的长大以后，你会发现，海上空无一物，而灯塔，存在于你的内心。

4

我们一生之中会遇到很多人，有好的有坏的甚至有仇的，但如果你遇到可以给你力量，带给你启示和欢乐的人，不妨将他们视作灯塔，或者一个有标志性的就像建筑物一般，这样，不管何时何地，不管你正经历着多大的困难和艰苦，都可以从中获取一丝光芒。

不迷途，不触礁，就是我们人生航行的底线。是不是？

外向的孤独患者有何不可

1

我上大学的时候有位学长对我说：你是个内向的人：这句话令我目瞪口呆。实不相瞒，当时活了二十岁，说我内向的，他算第一个。

接着我就不停和他叫屈：我哪里内向了啊？我这么能说会道一个人能演四人相声的天才，你凭什么说我内向啊！你搞清楚没有啊！

那学长是我大学文学社的社长大人，根本不理会我的叫屈，只是淡淡一笑说：我说得没错，只是你自己还未察觉而已，内向与外向不是以话多话少来区分的，而是以你肯不肯敞开自己的内心决定的。你看你，平时除了聊天，有把你的心打开，有让同学朋友走进去吗？

果然是文学社长，讲起话来都这么欠扁。

这么一想还真有点被他说中的感觉了，我是独生子女，感觉就是一个人长大，一个人玩。我虽然能迅速和第一次见面的人相处愉快，但叫我和他坦诚相待，非常难，除非是相处了几年甚至十几年的那种伙伴，否则我对别人始终保有一道防线，不轻易让人靠近。

此外，我还是个非常情绪化的人，一旦陷入自己的情绪中去，就变得非常孤立，不想和任何人讲话，这是个非常糟糕的个性。

当时我虽然有点“被他说中了”的感觉，但从面子上来说，我还是不承认的。我再次和那学长辩解：我怎么可能内向，你知道我什么星座吗？天秤！天秤最大的特点是什么你肯定又不知道——人缘好啊！为什么人缘好呢？因为我随和啊，对谁都友善啊！

就这样啪啦啪啦说了一通，可那个固执的学长还是坚持己见，这令我十分无语。

此事告一段落，因为从他以后我几乎没有碰到说我内向的人，和我相处的人当中，顶多也就骂我脾气不好，其他基本都还是认可的。

2

后来毕业了，我一个人拎着行李跑到了深圳，和朋友一起去城中村里挑出租房，看了一下午，最终我选了一间连白天都要开灯才能看得见的握手楼，8楼，单间带卫生间，可以做饭，楼梯房，没有电梯。

我的工作生涯就这样开始了。可我并没有对我糟糕的住宅环境投降，稳定下来后，我就搬去了另一个地方，16楼，阳光充沛，还带个小阳台和厨房，房子很新，有电梯。我在那里面度过了愉快的两年。那两年里，我也是一路向上，从一个小助理做到了经理，再从经理做到了总监，学会了一项乐器，虽然水平不高，但可以对着琴谱弹曲子的感觉非常棒。

所以，人生的很多开端是会艰苦点儿，但没有关系，我坚信任何事情都会越来越好的。

就这样，我在这座城市待了将近五年的时间了。这五年，我被房东追过租金，被公交车上的混蛋偷过钱包，被地铁站的人渣偷过手机，被难搞的客户气得发抖，被曾经一度信任的同事反咬一口伤心得流泪过……

这五年，走得异常艰辛，有时候我都快要怀疑我人生的意义了。

3

2014年至2015年是我过得最辛苦、最难熬的两年，或许人都有这么一个苦的过程，尤其是在年轻的时候。于是我又滋生出许多斗志来，昂着头，还想趁着三十岁前打个漂亮的仗。

我不是一个喜欢妥协的人，尽管我也不善争斗，但所有的情绪都需要有一个发泄口。所以2015年开始，写了很多文，大部分是想励志自己给自己打气，没想到竟然结集出了本书。

这不得不说是柳暗花明的一件事。要知道，在这之前，大概是两年前，我在网络驻站写过一篇长篇小说啊，我曾为了这个小说日更三千，那时候摔伤了尾骨都没有断更，硬是给坚持了下来，终于在规定的时间内完本。可是，那篇十几万字的小说并没有给我带来什么读者，我甚至找不到几个可以聊聊情节的人。

这使我一度非常失落。

后来，网站说帮我推出版，但他们事先告诉我说，网络小说推出版，非常难，几率很小，你不要抱什么期望。我当时就觉得自己的文字好可怜。后来，果然被编辑说中了，出版未遂。

我想，以后等我有条件了，我还是会把那篇小说修改一下，尝试着出版的。毕竟，人生第一部长篇小说，真不容易。

我真正有“读者”的时候是在2015年4月份，我开始写短文，故事也有，散文也有，承蒙一些大平台的关照，我的文开始陆续登上首页，登上平台，越来越多的人知道了一个叫“海欧”的写作者，尽管我的名字总被人写错成“鸥”，可那并没有关系，你们知道是我就好啦。

然后到了5月份，我开了自己的微信公众号“海欧亭亭”，但一开始更得并不勤，虽然并没有像一些大号那样拥有几十万上百万的粉丝，但我想说，留下来的，就是真朋友，数量是可以累积的，从零到百是个过程，乐在其中就好。

4

下面回到“内向”这个问题上来。我发现我这时候的状态非常像陈奕迅唱的那首《孤独患者》，而且是个外向的孤独患者。外向和孤独拼凑在一起，说白了，其实还是内向。

这事得从我发现身边的朋友变得越来越少了说起。我刚来深圳的时候，每个周末几乎都不闲着，都有朋友一起玩。如今五年过去了，当初的朋友回家的回家，离开的离开，疏远的疏远，失联的失联，想再碰到一个我愿意敞开心扉的朋友，已经变得十分难了。

真是应了那句“到最后，你会发现只有你自己”。这不是什么好事，但现在我还挺乐意的，毕竟，不好的社交，浪费时间的社交，不如砍掉，没什么可惜的。

我变得越来越喜欢独处，因为我发现独处有很多好处，譬如可以静下心来思考一些事情，做自己喜欢的事情，可以不被外界左右情绪，前面说过我是个情绪化的人，我现在已经差不多可以控制自己的情绪了，但我也逐渐变成一个十分安静的人。

我不知道这是不是所谓的成长，从喧嚣到寂静，从热闹到冷清。但我忽然就开始相信大学那位学长对我的评断了。

不只是我，许多人都是这样子的，年龄越大，就越变得捉摸不透，没办法，谁都不能再做天真无知的小朋友了，我们总要在某一天长大。现在不是很流行一句话么：不要和三十岁以上的人做朋友，我深以为然。

但亲爱的，不要悲观和泄气呐，我指的朋友是灵魂上可以托付的朋友，不是一些普通的朋友。对于交普通朋友这一事，我还是极力赞成的。多认识一些人，并没有什么坏处的。

总之，一起随意、随心就好。

人需要独处，弗吉尼亚·伍尔夫说过，每个女人都需要有一间独属于自己的房间，用来看书，写字，做一切可以独处的快乐事情。原话不记得了，反正大体是这个意思。我是高中的时候读到这句话的，伴随着她的《墙上的斑点》《到灯塔去》等书，我简直爱上这个才华横溢不可一世的意识流女作家了。

虽然当时我还未成年，根本理解不了伍尔夫所提倡的“独处的房间”是怎么一回事，但随着年纪的增长，我也就越发明白了。人在复杂的世界里，的确是“一个就够了”，这“一个”，不就是“独自一人”的意思么。想到这里，我又要夸韩寒了，不得不说，他的电子杂志“ONE·一个”，确实是很有意思的，连解说都这么朗朗上口。

独处，其实是非常有内涵的一种生活方式。大学的时候，笔友曾给我寄来一本梭罗的《瓦尔登湖》，里面讲的就是梭罗本人独居瓦尔登湖的日常生活以及他的思考。这本书文学价值极高，不仅是文学巨著，更是人文、环境、居住方面的思考，具有醒世意义。看完这本书，你会觉得内心非常宁静，这就是一本好书的魅力。

5

回到我们当今生活的这个时代，我想举两个明星的例子，一个是伊能静，一个是杨幂。

伊能静还没有和哈林离婚的时候，她说她给自己买了一个住所，每次如果和哈林吵架，她就独自一人前往那个住所待一段时间，好吃好喝伺候自己，等到心情调整好，再回去和哈林过恩爱的生活。

杨幂呢，她和刘恺威结婚以后，有记者问她，如果想给自己爸妈买一套房子，会不会和刘恺威商量？杨幂说：不会，因为我自己买得起。

好霸气的回答。女人一定要有钱，这是基本的底线，是活得出彩的必备因素，就连以美貌著称的范爷都能理直气壮地说：我不嫁豪门，因为我就是豪门！

所以，我认为，独处和奋斗，都是非常重要的事情，前者令人耳目清静，怡然自乐。后者让人底气十足，活得精彩。

现在如果还有人说我内向，我大概会非常悠闲地对他哼唱陈奕迅的《孤独患者》：“外向的孤独患者有何不可……”

愿你被自己温柔相待

我们常说，愿你被他人温柔相待，愿你被世界温柔相待。那么亲爱的，你可被自己，温柔相待？

1

大学同学圆圆是个脸蛋圆圆眼睛大大的姑娘，笑起来明眸善睐的，特别好看。就是这样一个温柔可爱的姑娘，却爱上了一个“不靠谱”青年。由于“靠谱”二字谐音“CUP”，杯子的意思，于是我们私下里都叫他“不杯男”。

“不杯男”是艺术系的，行事乖张，作风不羁，扬言“艺术高于一切”，恨不得与艺术共度余生。这样的男人，是不适合做男票的，在他那里，你永远找不到存在感和真爱感，因为你的地位，无法超越艺术。

圆圆却着了魔般陷了进去，给“不杯男”发短信，对方不回，她就失落一上午。打电话对方不接，就失眠大半夜。寻不到人就恨不得哭晕在厕所。然而，只要“不杯男”出现了，她就无比温柔地贴了上去。

搞艺术没有灵感的时候，“不杯男”一包接一包地抽烟，一个月下来，得了肺炎，但依然死不戒烟。圆圆苦劝数次未果，竟然萌生了“你抽一支烟我就用烟头在身上烫一下”的愚蠢念头并付诸于行动。

起初“不杯男”还有所收敛，但后来非但没戒烟，反而变本加厉地抽。刚开始我并不知道这么多，直到那次在澡堂相遇，令我触目惊心。

湖北的冬天非常冷，同学们一般都去澡堂洗澡。女生澡堂是一个个小单间分开的，还可以相互聊天。我和圆圆碰见了，于是去了相邻的两个单间。洗到一半的时候圆圆叫我，她忘记带洗发水了，我说，来吧亲爱的。

于是她裹着浴巾过来我的小单间里拿洗发水，接过瓶子的时候浴巾散了，滑落到地上，她蹲下去捡浴巾，我看见她满身的烟疤，一个又一个，数都数不过来，看得我目瞪口呆，触目惊心。

洗完澡我拉着她去操场晒太阳，在温暖的阳光下，她终于对我一一道来她为那“不杯男”做的一件件傻事，我才知道，她身上的烟疤是她为了劝其戒烟，自己一个个硬生生地烫上去的。

“他看见了不阻拦吗?”我问。

“刚开始的时候会，后来，后来就习惯了……”她轻轻地说。

天呐，女朋友如此伤害着自己的身体，他竟然会变成一种习惯！这不禽兽么！我开始愤愤不平。

“其实不怪他，是我自己一厢情愿要这样的，并不是别人逼我，是我自己……”她哽咽了。

然后，我陆续知道了她还曾为了劝“不杯男”按时吃饭不爱惜身体而和他一起绝食，为了求“不杯男”不要退学而跪下来求他……

“你以为他会因为疼惜你而戒掉自己的恶习吗?”我叫道。

“什么?”她没想到我会如此动怒，睁着无辜的双眼看着我。

“圆圆，你是温柔，待朋友温柔，待爱情温柔，待世界温柔，可是，你有对你自己温柔吗?”

她低下头去，沉默了。

“自己才是陪伴你最长久的人，无论是过去，现在，还是未来，你若将自己当他人，当世界，那你一定会百般疼爱她的。这世上，没有谁，可以替代她，可以比温柔相待她更加重要!”

大学毕业后我很少见到圆圆了，但我想她应该不会再是那个傻得令人心疼的善良小傻瓜了，会将她的温柔，分一大半给她自己。

不禁回想，有人为了爱情，也同样和圆圆一般愚蠢不已：为了和心爱的人表达爱慕之情，不惜用刀划破手指，以鲜血写情书；为了祭奠死去的爱情，割腕，以生命相胁；为了唤回心爱之人的心，冬夜里在楼下痴痴地等上一夜，任冰雪把自己冻成个雪人，心爱的人没有出现，自己倒感冒发烧生了场大病。

我只想问一句：亲爱的，你为何要对自己这样残忍？究竟是有什么事情什么人可以让你这样摧残自己的身心，像个吞下黄连的哑巴。

没有，这世上没有任何人任何事值得你这样做，亲爱的傻瓜。羽毛是长在自己身上的稀世珍品，靠你疼由你爱，请珍惜自己的羽翼，不要轻易折断，因为，那不仅是一种心灵以及肉体的疼痛，更是你不可替代的傲骨，是与你欢笑前行相拥入眠的温暖陪伴。

所以，请善待自己，爱惜羽毛。

2

朋友石头，积极乐观，对工作敬业到无可挑剔，对朋友仗义得无话可说，突然有一天，在深圳这座光鲜城市的阴暗竞争中败下阵来，失业了。

大伙儿过了一段时间才得知，于是叫他出来吃饭想开导开导他。饭桌上，他对着瓶子喝啤酒，大口大口地吃肉，笑呵呵地说没事，几天后又是一条好汉！

那晚大家都玩得很嗨，玩到后面都忘记是来开导石头的了，可能是他的状态实在是好得不需要人担忧，可事实证明，我们错了。

妈妈打来电话，聊着家里的事情，包房里大伙儿玩闹的声音太大，于是我捂着手机跑出去听，不知不觉晃到了饭店外面，天色真好，云层很低，被风吹得跑得飞快，像个赶路的旅人。忽然我就听见一旁的花坛边传来一阵阵不愉快的呕吐声，那声响中还带着轻轻的啜泣声，委屈得令人心酸。

那是一个男人的身影。我没有多想，转身准备进去，却听到了他的喃喃自语：为什么为什么，为什么为什么……

然后是酒瓶的声音，我循声望去，只见他操起旁边的酒瓶就往自己头上砸去，我吓得尖叫出声，他被我的叫声一惊，原本的大力气陡然减弱，最后虽然还是砸在自己头顶上了，但由于力度小，幸免于伤。

我这才发现那人是石头，吓了一跳，赶忙跑过去扶起他。

我们走到饭店对面的长板凳上坐下来，聊了很多。他喝着我买给他的热饮，一直在叹气。

原来，他在公司最要好关系最铁的同事，竟然在背后给他下套，令他在职场一败涂地，不仅丢了工作，就连那几个月的工资和奖金也被公司“依法”扣押，他曾承诺的给家里的老母亲寄钱也成了一场空。

这是一场没有防备的经济栽赃，石头的同事陷害他拿了第三方公司的回扣，继而不仅赶走了石头，还夺下了石头的职位。

我说：石头，这就是职场，希望你不要介意。然而，非常介意的石头，开始自暴自弃，终日酗酒，有一顿没一顿地吃饭，对着镜中的自己狠狠地扇耳光……

他说：都怪我，太相信他，才被他这样设计和陷害，现在我什么都没有了，还在业内落了个臭名昭著，我接下来的日子怎么办，简直不敢去想……

我问：石头，你有没有拿过回扣，我要听真话！

他说：天地良心，人在做，天在看，我绝没有蠢到那个地步去碰那样的事！

我说：那你就要蠢到这样伤害你自己吗？

石头咬着嘴唇，一言不发。

你既然没有做错，那也就用不着对自己“用刑”来惩罚自己，既然是被他人设计陷害，那其中就一定会有破绽，你那么正直睿智的人，怎么就不好好查清这件事来给自己昭雪？

我查了，可是没有什么进展，他们掩饰得非常好。石头苦恼地说。

你还有我们一帮朋友，大家可以一起想想办法啊，老柳的老婆不是律师事务所的吗，还有那谁，陈哥的姐夫不是警察吗，他们一准能帮上忙的。

石头看着我说，真的还有这个必要吗？都过去有一段时间了，这样会不会挺麻烦大伙儿的……

我说，石头，你这不光是为了出一口气，更是为了给自己正名啊！名声有多重要，你自己都会说在意业内的评价，那你为何要让自己受这种臭名？这对自己太不公平了，你可曾为自己着想过，为什么要背负这样的伤害？你非但不体谅自己，还用酒精麻醉自己，用巴掌抽疼自己，还想不吃饭搞坏自己的胃，这样下去，名声非但没有追回来，身体还被你搞垮了，心灵也被你搞残了，你怎么就不对你自己好一点？

石头，你对我们大家都好，就是对自己不好，我以前看你经常熬夜加班，案子做不出来就焦虑得整夜整夜地失眠，早餐也不吃。有句话，比较娘们儿，但我还是要讲出来给你听，那就是，对自己，温柔一点……

后来，通过朋友们的帮助，石头的“冤案”终于平反，相关的人得到了应有的惩罚，而他，也回到了原来的岗位上，重新奋战。从那以后，偶尔在微信上聊天的时候，我问他最近过得怎么样的时候，他都会半开玩笑地回复我：嗯，对自己还算温柔。然后发一个大大的笑脸。

亲爱的，即使全世界都背离了你，也没关系，你还有自己。坐下来，蜷在一隅，抱抱自己，然后该起床的时候起床，该吃饭的时候吃饭，该睡觉的时候睡觉。糟糕的日子总会过去，而你，只有一个自己。

我不知道你是什么样的人，是偏执得不达目标不罢休的偏执狂，是苛刻得近乎完美的完美主义者，是固执得不肯妥协的家伙，还是善良得只对自己残忍的傻瓜。

偏执，苛刻，固执，善良，我想无论你是什么样的性格，其中或多或少都会掺杂些这样的因素。多情的人对真爱不会滥情，善良的人对自己未必温柔。这就是世界，希望我们都可以在善待他人的时候，也善待自己，对自己温柔一点，

好么，亲爱的傻瓜。

“盼复”是颗发芽的孤独心

微信后台收到一条消息，说：海欧姐，我给你发的消息你看到了吗？早上十点发的，一直等着你的回复呢。

我看了看表，已是下午六点。这位姑娘，等了我八个钟头。

我连忙找到她发给我的那条消息，原来是关于工作上的困惑，想问问我的意见。一共发了五六条，都挺长的。其实我上午是有看到，但因为在忙别的，消息又太长，没仔细去看，也就没有及时去回复，没想到她一直在盼我的回复。

盼复，似乎并不是一个简单的信末助词，而是一种心心念的希望。

编辑大人，这是我的投稿，盼复。

老师您好，我想咨询您一些问题，盼复。

××你好，很喜欢你的作品，希望能和你做朋友，盼复。

我喜欢你很久了，可以和我在一起吗？盼复。

这是我们在尘世生活中经常碰到的心情。简简单单两个字，却有着无比强大的内力。

曾经我也试过这样，给别人发消息，许久未得到回复，我却还是一直傻傻地等着，以为对方只是没有看见而已，再等一会儿，再等一会儿没准人家就回复我了。久而久之，连自己都快忘记当初的石沉大海是怎么一回事了。

但那种滋味，想必是不好受的吧。

尤其是你明明知道他就在线，却不回复你，心里就更难受了。

但那又如何呢，谁不是一个人倚剑天涯，江湖上仗义之士并没有想象中的那样多。

而有时候，这不是用“仗义”可以形容的事。很多时候，你没有被回复，大抵是因为你在别人的心里没那么重要。

有段话是这么说的：其实根本没有所谓的高冷，在你面前沉默寡言的人，在另一个人面前说不定是话痨，大多数人都可以在高冷和逗逼中随时切换毫不费力，区别在于他面对的人是谁。

曾有过一段时间，我写稿写得几乎没有素材了，就给好些个认识的人发消息，希望他们可以讲讲自己的故事给我听。因为从熟识的程度来讲，我并不知道他们的故事，但从写作的嗅觉上来讲，我知道他们都是有故事的人。

消息发出去之后，有几个人回复我说没时间啊，我知道这是拒绝，便笑着说好啊那你忙吧。有几个人插科打诨，并不说实话，我也只好作罢。还有的人就像没收到消息一样，根本不回复我。我想。在他们眼里，恐怕我是疯子、奇葩一样的存在吧，一个成天想打探人隐私的窥窃狂，而且还要动笔写出来，把别人的隐私公布于众。

这么一想我就有些伤感了，我的动机明明很纯啊，只不过是想要些素材啊，怎么就不理我了呢？

如果这世上所有的事情都能有一个解释的话，那就不会有孤独患者了。

而很多的孤独感，都来源于我们本身。

我喜欢陈奕迅的那首《孤独患者》，也写过一篇《外向的孤独患者有何不可》，不知为什么，此刻当我写到“盼复”这个主题的时候，我脑袋里想到的竟然是孤独感。我停了几分钟，没有敲字，然后想清楚这两件事的关联。现在我终于明白，不被回复其实是一件特别孤独的事情。

然后我就又有点儿孤独了呢。

话说回来，孤独有什么好怕的啊，不就是坦然面对自己而已吗？

——你做你自己就好啊。

——好的，我有好几个自己，你说的是哪一个？

我的朋友是小三

1

我这辈子有三件“不幸”的事，一件是遇到我们家老哈，全宇宙最正常的星座——金牛座，在他面前，我所有的文艺病矫情病全都不治而愈了。第二件事就是嫁给他，从此一辈子踏上不归路。

这第三件事情，就是跟横插在我和老哈之间的小三做了朋友，还是愉快的朋友。人艰不拆。

那段时间写了几篇身边好友的文章，比如写小禾的《有一种闺蜜叫作“上下楼”》，比如写小绿的《女孩子，去大城市闯了闯之后要不要回去?》，再比如写莹妹子的《好姑娘，你配得起千秋万代》，等等等等。

这些故事都被收录进我的第一本书《多少不凡，只因不甘》里面。

看到这些故事，小三坐不住了，骚动了，不停地给我发窗口抖动：

欧欧，我这么特别，你不写写我吗?

快写我写我写我写我!

看在他喊得这么卖力的份上，我不禁将鼠标滑到了“删除此好友”一栏。

就在那一瞬间，我忽然灵光尽闪，四年的相识光景呼啦飞驰而过。

我意识到，这货绝对是个浑身都是槽点的素材合成体啊！删了真是太可惜了！

于是我把鼠标移回来，发了个笑脸过去，说：要写故事可以，不准再勾搭我老公！

2

故事开始了。

小三，又名小山（其实“小山”才是本尊，“小三”只是我们一帮损友给取的外号）。

性别男，爱好女，貌黑如煤，夜间出现基本上是看不到此处有人的。所以此人昼出夜伏，在家远程也能把妹子泡，是一技术宅也。

四年前我刚进公司，有一回在群里说了一些不知轻重的话，我自己还没意识到，就收到这厮的窗口抖动了（话说这小子怎么这么喜欢窗口抖动啊）——不要在群里说那样的话……

我说：你谁啊。

我是小三。纳尼打错了，我是小山。

就这样，我从此就有了一位名号为“小三”的同事。

小三组建了一个同事群，在这个群里，没有加领导，所以大家可以在里面轻松聊天，愉快吐槽。群里每回只要他一说话，大家总会发一个表情送给他——最骚的就是你！

四年前小三还是一副屌丝的模样，小平头，瘦高瘦高的，加上又黑，常常是我们的重点打击对象。有一回公司聚会，一名同事吐槽：妈蛋去了一趟海南岛，晒黑了个球!

我们老总接话说道：黑吗？那得看和谁比了。说完，奸诈地看了小三一眼。

昏昏欲睡的小三垂死梦中惊坐起，大吼：卧槽谁他妈在黑我?!

老总脸瞬间变绿，我们都吓死了。

据说小三那个月工资快被扣完了。

3

周末同事聚会，总喜欢去他家，因为他是处女座，房子收拾得干净不说，还做得一手好菜，简直上得厅堂下得厨房。

单身的萌妹子做花痴状：小山哥你要是个女生就好了。

是女生咋地？你还能娶了我不成！小三从厨房端出一盘刚做好的可乐鸡翅，恶狠狠地说道。

这位屌丝估计是不可能逆袭了。

吃完饭大家围在一起打麻将，小三和我还有另一名同事斗地主，结果他输得只剩一条底裤，光溜溜地跑回卧室，一面喊着：你们给我等着！给我等着!

然后我和那个同事一起等到了第二天早上。

谁能想到这厮跑回卧室居然直接上床睡觉了。还把门反锁了，怎么都拍不开。

所以那晚我们六个同事围着麻将桌打晃晃，谁输了谁下。

第二天天光大作，这厮穿着底裤打开房门伸了个懒腰，看到我们一群凶神恶煞瞪着他的大熊猫（熬了一夜谁还没有对黑眼圈啊！），他吓得底裤都快掉了。

4

公司组织出游，去外地嗨皮三天。晚上大家住酒店，两人一个房间。

小三拿着房卡到处咨询单身妹子：

你也单身？好巧，俺也是。今晚一起？

要不咱俩一间房呗？

你看我做你的室友咋样？

此举引来一场灾难。

晚宴上，妹子们齐上阵，猛灌他酒，说：喝啊，喝完我们送你回房！

这简直就是帝王待遇啊！

吃完饭，大家一起去小三房间玩杀人游戏，结果这厮在床上表演花式游泳，一面划一面嘟哝：放开我，我没喝多！放开我！我没醉！

呵呵，就这点酒量还想泡妹子，要知道，我们公司的妹子可都是汉纸！

我们没有理他，继续玩我们的游戏，结果这厮居然从床上起来了，走到门口，奇葩的事情发生了。

他开始一件一件地脱衣服，那可是冬天，我们都穿大棉袄呢。

我们不解地看着他。直到他脱到只剩一条底裤的时候（怎么又是底裤!!!)，一个妹子操起烟灰缸对准小三的头扔了过去，大叫：流氓！臭流氓!

据说那晚保安都来了，准备抓流氓。

小三被送去了医务室，喝了醒酒茶，不明就里地问：我的头怎么了？

你自己走到墙上撞的。

哦。这样啊。

5

还是酒店（我们公司好喜欢带员工集体开房啊）。这次是去东莞开年会。东莞，你懂的。

当晚，我们每个人房间都收到了各种卡片。欧美的，日韩的，清纯的，狂野的，性感的，啥都有。

然后我和同住的妹子连夜起来，捡起地上的花式卡片，打开房门，送到小三的房门外，再轻轻地从门缝塞进去。

我们从十一点忙活到凌晨一点，因为每隔一段时间就又有新卡片递进我们房门，所以我们就跑了好几趟去给小三送性福，有时候路上还会碰到和我们一样关心小三性福的好同事，遂结伴而行，皆大欢喜。

据说第二天，小三打开房门的时候，差点没被一堆卡片给淹死。

之后每当他再犯贱，我们这帮好同事总会关心地问道：山锅，卡片用完了不?

我去，你们这帮坏人！太狠了！小三嘤嘤嘤地说。

6

我和老哈刚谈恋爱的时候并未对身边同事朋友公布，所以有一回我们三个走在一起的时候，小三贱兮兮地说：欧欧你男票长啥样呀？

我说：关你毛事。

小三居然犯贱地问老哈：肯定没我帅！你说是不是！

老哈快笑喷了。

事后当我们公开恋情，小三窘得不行。

我和老哈结婚后，有天晚上，小三打电话来问我工作的事情，我当时在忙别的，就让老哈接的电话，老哈故意说道：这么晚勾搭我老婆你想干吗?!

哎呀我去！小三抓狂地叫道。

后来，小三就开始明目张胆勾搭我们家老哈了。

什么一起吃饭一起喝咖啡都弱爆了，直接约有机会一起睡觉了，我也是给跪了啊。果然是防火防盗防小三啊。

7

说来我和小三也很巧，一开始进公司我们被分在同一个项目组，我们的经理后来被调去分公司做总监，公司改组成事业部制，没过多久，我和小三齐齐被提升为项目经理，更加巩固了我们的“好基友”关系。

又过了段时间，由于每个部门都有一个总监，唯独我们部门群鸟无首。老板有意在我和小三之间选一个提升。

这段时间照理说应当是“宫斗”的绝佳时机，可以直播一部《欧三斗》，谁斗赢了，谁就是总监。

但我和小三并没有斗，我们各自负责几个项目，心思都用在项目上，对名利都看得很开。

这一点，我们还是很一致的。

于是这件事情的最终结果是，我和小三又同时升了总监。没错，一山不能容二虎，公司把我和我的小伙伴们划分出来，成立了一个新部门。

从此，我们就是“山总奸”和“欧总奸”，还好没有狼狈为奸。

其实现在回想起来，小三和我算是一同努力，一同成长，一同进步的，而且都心地纯良。哎呀妈，那段日子真是难忘呀。

一个人的职场生涯中能遇见这样的人和经历，是大幸。

同样，人不可能永远顺风顺水，我也不例外，遭遇了职场黑暗，被算计，被斗，委屈得总会在一个人的时候默默流泪。

据说一个人在独处的时候总流泪多半是有抑郁症倾向，可想而知我经历了多么难熬的一段日子。

这事过了许久，有一回小三开车捎我一路，在车上我们聊起来，我和他说了当时的实情和委屈，他听了义愤不已，直接骂算计我的同事是人渣。

这是我听到我认识了三年的好脾气小三说出的最恶毒的话，没想到竟然是为了替我鸣不平。

8

小三心地善良，表面形象虽然又贱又骚又屌丝，但内心实则上进不已。

于是，他成了我们一拨人当中最早买车的年轻人。

于是，他是我们当中最先创业开公司的年轻人，请叫他山董事长。

于是，他娶了一位美丽善良，贤惠大方的妻子，买了房，升级做了爸爸。

他的妻子我一见面就好喜欢。我总觉得人与人之间是因磁场相似而相互吸引走到一起的，她和小三一样，慈眉善目，不怒不嗔，大度友善。

老哈和我说：山哥和他老婆这俩好人在一起，真好。

愿我们身边都有一位像小三这样的朋友，他自黑，自贱，只为给朋友们带来快乐。他自强，自信，内心充满正能量。

更重要的是，他的另一半和你，他和你的另一半，也同样是彼此的好朋友。

你真的准备好踏入职场了吗?

题记：写给初入职场的牛犊们。

2016年3月，距离我踏入社会，已经整整五年。这五年，我做过记者，做过互联网营销，做过文案，做过新媒体。也有幸当过总监，供职过上市公司。

这五年，不可能完全顺风顺水，也不会全部暗无天日。受过一些委屈，走过一些弯路。熬过一些困苦，也拼过一些命。得到过自己想要的，也失去过一些在乎的。总的来说，职场这玩意儿，没那么简单。

不敢说是经验丰富的过来人，但也是经历或者亲历了一些事，在这里和大伙儿分享分享。

1. 出发准备：这是你不慌不忙踏入职场的必备条款

我一向认为准备是所有环节中尤为重要的一步。没有做足准备，会死得很惨，而且还不知道自己是怎么死的。

我还在学校的时候，离实习还有两个多月的时候我就开始捣鼓自己的简历了。我做了很多个版本的简历，然后选出自己最为中意的一份，发邮件给我的优秀学姐学长们，请他们给我意见。

这些邮件，有的被回复了，有的石沉大海。我从那些回复中得到了很多有用的讯息，这些可比百度经验要强多了。为什么这么说呢？

首先，百度上搜到的经验确实很丰富，五花八门的，但非常笼统，找不到聚焦点。

其次，不同学校不同专业的人找工作是不一样的，我问的都是本校同系的学长学姐，他们比我早几年踏入社会，他们的面试经验很可能就是我即将面临的，误差不会太大，所以他们给到的建议也是最为奏效的。

我按他们回复的意见和建议修改了我的简历，历时半个月，终于完成了一份拿得出手、可以投递出去的简历了。

2. 如何找工作：巧用力，莫使蛮劲

简历弄好了，接下来就是找工作了。我没有去过人才市场，因为我并不在我想要去的一线城市，所以我选择了互联网。

现在的招聘网站非常多，我当时主要投递的网站是前程无忧和智联招聘，这两家比较靠谱，企业也比较优质。

在这里，我想着重说一下什么时候投简历合适。

就我个人而言，我是个喜欢将事情提前的人。所以在出校门一个半月前，我就开始在招聘网站上面投递简历了。由于是应届毕业生，我能选择的工作机会有限，毕竟，愿意招应届生的企业并不多，因为零经

验，要培养。

再就是城市的锁定。你想去哪座城市，想必早已心中有数。我就锁定的是深圳，所以在网站上搜招聘信息时，也缩小了范围，更加精准。

由于我投简历投得比较早，可能比一般应届生都要早。6月份毕业，我提前一年的12月就开始投简历了，所以我接到了好几个面试电话。可那时我还在学校，还得一两个月之后才能过去深圳。于是我和HR电话协商，我把面试时间集中在过完年之后的某一周，确保自己一去深圳就能在一周内面完那几家公司。

事实证明，方法很管用，我来到深圳一周内就找到了工作。

3.面试技巧：有多少人死在这一关且至今不明真相

面试估计是找工作中最重要的一个环节了。在收到面试通知后，第一件事情，就是上网查这家公司的信息啦。查完了解之后，如果你想去这家公司，那就得好好做准备了。

通常情况下，我会把这家公司的状况摸清楚，然后对照着他们的岗位要求，一点一点去读透。毕竟是第一份工作，谁都没有经验，也可能不那么明白具体工作。在这种情况下怎么办？

——那你就背啊，把那几条岗位要求老老实实背下来，再逐一对照自己的优势，找到一套能够自圆其说的话术，证明自己可以胜任。HR也都明白，对一个应届生而言，态度端正就是最重要的。

然后，我会找到这家公司的竞争公司，顺道把竞争公司也摸清楚，再和这家公司进行对比，说出自己的见解和看法。无论说得是深是浅，是否有漏洞，你留给HR的印象会加分的，因为你真的有认真准备这场面试，而且有开动脑筋思考。

再就是一些常识啦，诸如提前查好乘车路线、提前十分钟左右到，衣着正式而得体，举止不轻浮，态度诚恳，落落大方，声气儿要大，不要畏畏缩缩。

4. 反向选择：能去大平台就去

面试完之后就是等待结果啦。一方面，面试单位在挑选适合的人才，你也在挑选适合你的公司，如果你不是只面了一家公司。

在这里我要说的是，如果有两家以上的公司给你发了入职通知，那么，选平台和规模大的那家。

我是学新闻专业的，毕业前也在报社实习过。我的很多同学，毕业后选择去电视台去报社去杂志社这种吃公粮的地方，而我，当年一个22岁的愣头青，硬是要跑到深圳去。

当时家里人帮我联系了家乡非常有名的一家报社，可我不肯。一是因为我不喜欢武汉，二是因为要塞钱。

我年轻的时候是个自诩为有傲骨的人，不希望靠才华以外的东西来获取什么，总觉得那对我来说是可耻的。

想自食其力，就得付出点代价。我的代价就是，只身一人跑来深圳，面试了几家公司，在迫于生活压力的情景下，匆匆忙忙选择了一家小公司，工作了一段时间之后，才发现那份工作与自己格格不入。可就是在这样一种情况下，我还是坚持了一年。

而我的很多同学，都在报社电台里做得风生水起，频频出境，频频见报，只有我，在一家名不见经传的小公司。由于平台小，想跳去大平台是十分吃力的。

所以，在这里，我要给出一条忠告，那就是：毕业的第一份工作或者实习，能去多大的平台就去多大的，越大越好，哪怕待遇一开始并不好。大平台的眼界和经验，在日后会起到无比巨大的作用。

5. 新人报到：恭喜你，晋级职场开始第一轮受虐

选定公司之后就是新人报到这一环节了。这里没什么特别要说的，因为每家公司的流程不一样。我要说的是，把合同看清楚，别傻乎乎地拿到手里就签，那可是你的权益与义务，你不看清楚，到时候出了什么问题，哭都哭不出来。

我曾经去过一家小公司，结果没看清楚合同上写的社保和公积金的缴纳问题，害得我入职三个月后才买社保，而且还没有公积金，十分坑。

再就是，努力记住每一个和你打招呼的人的姓名和职位，初来乍到，没有诀窍。

6. 察言观色：明辨是非，少生事端

入职后可能会有培训，也可能会有上司直接安排活儿给你干。切记，不要在办公室参与太多同事间的八卦问题，也不要迅速加入某个小团体而排斥其他人，否则，接下来的日子可能没那么好过。

你要把绝大部分的精力，花在工作和提升自己上，然后察言观色，明辨一些是非，不参与是非，让职场干净透明一些。

7. 全勤：哪个老板不喜欢勤奋的员工

我所供职过的公司，我基本上都是全勤，尤其是第一家公司，不迟到，不早退，不旷工，这是我认为的一个职场人士的基本素养。没有任何一家公司喜欢频繁请假迟到的员工。

作为一个新人，你没有什么理由不全勤。

上班时间是九点，那你就给自己规定八点半必须到，这样，你将永远不会迟到。

8. 不要离群：圈子不同，想办法去融

不要说什么圈子不同，不必强容。你如果真那么傲娇，会死得很惨。职场哪有那么多圈子，有的只是一颗是否敞开的心！热爱你的团队，参加集体活动，你会发现生活中的同事们原来这么可爱。

不要离群，那样你在同事眼中会是一个怪人，你今后的工作也很难展开，学到东西也有限。

9. 面对加班：审时度势，想好自己要什么

如果专业技能不够强而你又想早日出人头地的话，可以适当地加下班。一分耕耘一分收获，不付出比他人更多的辛勤，如何获得更高的回报呢？

但如果是长时间加班的企业，我不赞成。你必须有充实的业余时

光，用来交朋友，学习新知识和新技能，以及出去转转。

如果把除了吃饭睡觉以外的所有时间都贡献给工作，我觉得是残忍的，是不公的。工作不是全部，你还要有其他的业余时光。

10. 忍：神龟之寿，忍者肩负

你可能会遭受到一些职场委屈和不公，可是，谁的职场不委屈呢？那句话咋说的，要么忍，要么狠，要么滚。我觉得如果没有触碰到个人底线，很多事情，能忍就忍了吧，吞下的是委屈，喂大的是格局和气场。

11. 熬：熬不住，就别妄想晋升

我曾经写过一个题记：其实人生大抵就是一个字——熬。

我认识的职场上许多有所成就的人，都是熬出来的。机会是有，但可能不会轻易就给了你。你必须经历一段时光，熬熬熬。

不要幻想有一蹴而就的事情，也不要以为付出就一定能换来等值回报。那些叱咤风云的职场老江湖，谁不是熬出来的。

熬过了苦×的岁月，才能成为牛×的人呐！

12. 向前看：生活永远在继续

许多人在职场中弄得遍体鳞伤，苦大仇深，实在是没有必要。职场只是生活的一部分，无论行的好不好，生活都将继续。

再者，没有克服不了的困难，没有过不了的坎，向前看，比什么都重要。

最后，祝福你们，亲爱的年轻人，加油！

内心丰盈的人不会虚度光阴

1

你是不是胖子我不知道，可你一开口我就知道你内心是肥是瘦。

我认为，这个世界上是没有胖瘦之分的，体态这种外在性的特征并不能代表什么，这话说得就好像哲学大师叔本华说的一样：你所看到的一切都是表象。

没错，但我发现，现在的人，尤其是大多数二十岁出头的年轻人，内心是贫瘠而瘦削的。

最近收到一些读者来信，有一部分在校生以及刚出社会的年轻人，对人生对未来表示困惑总会提出诸如“我现在不知道该做些什么”“为什么我总觉得人生非常没有意义”“生活为什么这般无聊”的问题。

在此，我只想大吼一句：你才二十多岁，不给我好好学习好好奋斗，人生有什么意义，关你什么事！那是哲学家干的活儿！

2

我认识一姑娘，人美性格好，人人都爱和她做朋友，即使她不是土豪。

所以，“土豪我们做朋友吧”这句话只是个笑话。人们还是愿意和性格好的人做朋友，这里说的是真朋友。

我也喜欢和她做朋友。我觉得主要原因是，和她在一起，永远不会觉得生命是一场无所作为的事情，她总能让你安安静静享受生活乐趣。

比如，她会给你烧几道拿手的好菜，让你玉盘珍馐佛跳墙。

比如，她会给你弹首曲子，让你内心宁静平和得道成仙。

再比如，她给你找出来几本书，上面是详细的读书笔记，她一字一句写上去的。

如果这是位千金大小姐或者富贵家庭主妇也就算了。问题是，她是职场人士啊，在竞争激烈的地产业啊！

我曾经听过一个段子，说地产业玩的是心机，是江湖。

可她从未沾染浮躁的职场气息，虽然她已升过两次职了。她的过人之处并不仅仅在于职场的拼杀，更在于业余时间的利用。

有句话咋说的，一个人怎样使用她的业余时间，决定了这个人未来的成就。

她的业余时间，用在了烹饪、学习乐器、看书写字上。她做得欢喜，从不觉得人生无意义，更不觉得虚度光阴。这是一个懂得生活情趣的人。

一个人如果要掌握一项技能，成为专家，需要不间断地练习一万个小时。这是个什么概念？我这样和你说吧，如果每天练习五个小时，每年三百天的话，你需要七年的时间，才能掌握这项技能。

所以，如果你每天有五个小时是在闲聊，QQ微信MSN，七年以后，恭喜你会成为一个口舌过人的人。

如果你每天有五个小时是在化妆，七年以后，你可能需要玻尿酸、拉皮、紧致，才能让过于摧残的脸找回一点点青春。

如果你每天有五个小时是在打游戏，七年之后呢？你的手指更加灵活了，腰间盘更加突出了，眼睛更加不好使了，妈妈更加担心了。

不难发现，上面这三种人，七年之后除了从闲聊、化妆、打游戏到更会闲聊、更会化妆、更会打游戏，别无长进。

试想一下，假如你现在二十来岁，到了而立之年，你依旧是一个只会闲聊、化妆、打游戏的人，你会不会惶恐？

这样的人生于你而言，确实没有意义。

3

还有一个朋友，射手座，闲不住，一有时间就出去游山玩水。

她觉得，生命就是应该浪费在自己喜欢的事情上。

虽然从表面上，她是在做着一件件浪费时间的事，可换句话说，这也是在享受时间啊！享受在大自然自由呼吸的惬意。享受在山水间的诗意灵动。享受在探险时的乐趣无穷。

于她而言，旅行，就是热爱生活的表现，她将美好的旅途风景镌刻于内心，使之愈加强大，愈加丰盈，愈加美好，愈加无坚不摧。

是啊，没有什么比投身于未知风景更愉快的了。她在旅程中找到别处的风景，此处的自我。我想起她在去完尼亚加拉大瀑布后给我寄的明信片，是这样写的：

瀑布的水冲下来，我仰面看着，觉得那湍急的水直击我的心脏，《圣经》中说的洗礼，大概就是这个意思。每一段旅途都是一次洗礼，我觉得心更加明澈了。

多好的感触，多好的姑娘啊。

几年下来，她已经走过二十多个国家，每一处，不仅留下照片，还认真写游记。她的博客，一度是驴友们关注的高人气博客，她自己乐在其中，觉得生活如此美好，山高水阔，晴空白鹤。

在旅行的途中，她更是遇见了和自己志趣相投的人。都说患难见真情，他们在非洲的旅行中遇到暴乱，在登富士山的时候遇到小型雪崩。但他们都相护相持，一起面对困难，冲出困难，因而这份感情也更加可贵。

有好几次，他都受了伤，都是为了救她。其实他如果不顾她，自己根本不会受伤，可他不啊，他要护她周全啊。

什么甜言蜜语风花雪月，都比不过险境时的一场不离不弃生死相依的逃亡。

如今他们已经在一起三年里，一起合作出版了三本书，但他们的脚步一直向前，只为内心更加丰盈。

4

有个加班狂同事，每天都加班，不浪费一点儿时间。我问他不累么。

他说，顾不得累不累，只知自己的才华必须要配得起自己的野心，所以分秒必争，舍不得浪费时间。

是啊，当你的才华还撑不起你的野心时，就像个疯子一样去拼命吧！

他虽然还没有升职加薪，但我觉得，那是迟早的事。

他和我说过，他欣赏一位业界的前辈，自己就是要努力奔跑，直到有朝一日成为前辈那样的人。

我问，欣赏一个人，是不是因为你们有共同点？

他说，我欣赏他，是因为他处事不惊，沉着应对，任何棘手的事情到了前辈那里，都能轻松而解，这不光是专业上的无敌，更是心灵上的披靡。

我深表同感。你到达你所仰望的高度的那一天，成为你仰慕的那种人，也不失为一个很好的座右铭。

一辈子看似很长，但时间却总是用得很快，心支配着你怎样运用时间。

不要做思想上的瘦子。我希望我们都不会对这个世界产生无聊、无趣的想法，无论你是在做什么，未来将要做什么，都应当是有趣的，开心的，有意义的。

这样，才不枉此生。

你至今仍活在被面试官PASS掉的不明真相里

我觉得这世上有个非常玄妙的职业。

他掌控人的生死，决定你短期里的未来。他不是你上司，却比上司更早懂你。他不是你老板，却能宣告你的工资和福利。

没错，这个职业就是每个公司的第一道门神——HR!

提起HR，总叫人既欢喜又多愁。欢喜的是接到他发来的入职通知，多愁的是被PASS掉，且大多数都是在悄无声息中进行，留下一群不明真相的群众。

我在换第二份工作的时候面试过一个广告公司，聊得都挺好，结果对方突然问了句你英语过六级没?

纳尼，我愣了一下，随即说道：没有呢。

然后，就木有然后了。

虽然我不知道我是不是因为英语没过六级而被PASS的，但我实在想不出理由，就自欺地认为是这样。

以至于我那段时间对英语非常敌视，不看国外电影，不和外国人微笑，甚至把英语过六级放进了择偶标准中去我也是拼了。

我觉得我是不明真相自求安慰，直到两年后我因项目合作再次和那家广告公司结缘，去到他们公司沟通项目的时候，我看到了那位当年面试的我HR。

我问她还记得我不，她有些懵，后来我简单和她说了说我们初次见面的场景，她才闪现出“哦原来是你啊”的表情。

问起当时面试没过的原因，她努力回想了一下，然后说，那时候觉得我外形比较显小，像个实习生，公司对接的项目都是大客户，怕我Hold不住，所以就找了个“英语没过六级”的借口把我给打发了。

呵呵，真相原来是这样。只怪我当时面试时既没穿高跟，也没涂口红，清汤寡水的职场小菜鸟谁要啊！

然而，有时候知道真相纯属巧合，更多的真相是被隐瞒的。后面这句是一位法官说的。

我在前一家公司做事业部总监的时候，拥有面试的权利。有时候是过了初面的由我来复试，有时候是我针对空缺岗位直接招人直接面试的。

在这里，以我的“假面HR”身份，也和大伙儿谈谈一个面试官的感受，谈谈PASS掉求职者的原因。

1. 别说上一家公司的坏话

一位打扮得体的求职者，工作经验和所学专业都在我们的招聘范畴之类，他在上一家公司的职位是经理，我问了他一句：是什么原因换工作？

哪知他噼里啪啦说了好些对前东家的不满，上至老板太抠、品德败坏，下至公司环境不好、死气沉沉。

我心想，此人不知是情商低呢还是智商着急，反正我是不想再聊下去了。

当你在面试官面前说前东家的坏话你就输了，我很难保证录用你之后你会不会在去往下一家的时候把我们也骂个狗血淋头。

所以，狗带吧，小伙儿。

2. 有家有口的人，尽量别把家庭放大

面试了一位有妻有女的求职者，谈吐得体，举止谦和。其他都挺满意的，看到简历上写着“已婚”，我随口问了句：有孩子吗？多大啦？

他说：孩子一岁半。

我问：那你能接受加班吗？（别看这个问题很没人性，但在一线城市，这是家常便饭好吗？）

他说，不太能够接受加班，因为孩子太小，想多陪陪他。另外妻子一个人全职在家带孩子，他回去晚了，妻子连饭都煮不来，因为要看着孩子。

不可否认这是一位非常有家庭责任感的好丈夫好父亲，可是我们现在的关系是工作关系，我要找的是工作Partner，需要一个可以全心全意投入到团队的同事。

这是一件残酷的决定，原则上讲，这位求职者并没有错，有家庭的人势必会权衡家与工作，这点毫无疑问。但初次见面，建议不要过多地讲你的家庭及你会在这个家庭花多大的精力和时间，这是面试官不想听

到的。

说到这里我想起另一个求职者，一位女性，孩子一岁。她告诉我，孩子已断奶，平日由爷爷奶奶看管，自己可以充分投入到工作中去不会分心。

她被录用了，尽管她有时候也会因为孩子发烧之类的事情向我请假，但那没有关系，她的工作表现是积极而合格的。

所以，为什么说面试是敲门，第一印象很重要。

先想办法进门，日后才好说。

3. 别耍小聪明，很令人生厌的

有一回我面试了一个刚出校门不久的男孩子，打扮入时，简历做得花里胡哨，正儿八经的内容没多少，全是一些夸大其词浮于表面的东西——什么沟通能力强，工作效率高，啥都会做，前途无量吧啦吧啦的。

我让他做自我介绍，他跟背书一样流利地介绍了自己，我并不点破，随便问了几个问题。

我问他是什么学校毕业的，他说，高考随便考了下，上了个二本。

我问他会什么技能，他说办公室软件全都会用，非常精通。

我说excel表格会用吗？

他说太小Case啦！

我说好，我要在满是店名的excel表格里查找一个店铺内容，按什么快捷键？

他窘了一下，说：好像是Ctrl+A吧。

我说那是全选。

他又依次试了几个字母，全都不对。

我意味深长地看了他一眼，说：是Ctrl+ F。你回去等通知吧。

呵呵，没错，这个通知，是永远不会有的。

别在面试官面前耍小聪明，很容易被看穿的。

4. 麻烦自信点，你在求职不是求人

有一回碰到个求职者，奔三的人了，刚从老家过来深圳找工作，说话声音很小，一度令我怀疑自己听力是不是减弱了。

我途中有五次提醒他大点声，每次只能维持不到十秒。

你连十秒都坚持不了，能干啥啊！

那一回是和HR一起面试的，HR问他薪资要求。他扶了扶眼镜，说麻烦再说一遍，我没听清楚。

HR重复了一遍，还补充了一句：就是待遇，您的待遇要求是多少？

哪知他听完非常紧张，都快掉汗了，我也替他捏了几把汗。

末了，他吐出一句：哪个啥，我没在大城市工作过，你们看着给就好。

对此，只想说一句：求职又不是讨饭，何至于如此低声下气！

5. 准备一下再来，好吗

面试时碰到好几个求职者，丝毫没有做功课就跑过来了，有一个连简历都没带，还说以为我们会从招聘网站上面下载下来打印出来。

拜托，我们是面试官，不是搞后勤的，再说，也没有这么贴心的后

勤，帮你操这么多心！

所以第一印象就不好了。

面试环节我通常会问求职者对我们这个行业以及公司业务的看法，我们是做地产的，其实这些上网一查，就能有好多资料。

但他们就是不查，也不思考，那么我非常怀疑你是否准备好了要在这个行业这个公司大干一场呢？没准你就是来走个过场呢！

我非常喜欢那些对这份工作认真思考过的人，问及一些专业性的问题，总能说出自己的见解。

有一回我面试了一个工作经验只有一年的妹子，但她做了好多功课，甚至把我们的竞争公司都列出来对比，一一谈自己的想法。

我果断要了她，这么认真的姑娘，真是人见人爱，下手不快，定被其他公司抢走了。

所以说，不一定要多牛多牛的人，但态度一定要好，要积极，没有一个企业不喜欢积极的人，只有积极的人才能创造更多的可能性。

6. 转行须慎重，入前请三思

还会碰到一些想转行的人，他们都在某一行业有过几年甚至十几年的经验了，因为各种各样的原因想换个行业。

我会问：如果你来我们这个行业，发现并没有自己之前的行业好，你会怎么办？

这一问，有很多人就答不上来了。

有一回碰到个30岁的求职者，我说：你之前是做电脑编程的，专业和工作经验都和我们地产不搭边，你是怎么考虑的？

他说：我本身是十分喜欢地产这个行业的，也是一位高楼迷，经常会和迷友一同去拍高楼的照片放在论坛里，点击量还算可以。我不想做编程，是因为这个职业比较憋闷，我想玩地产，玩营销，趁我还不老。

这个回答令人称赞，接着，他表示可以从最基础的做起，只要入了这行，再发奋图强。

我录用了他。一年后他做了项目经理，进步非常快。

他有对这个行业、这份工作的热忱，并激情澎湃，这样的人，走到哪里都会亮起来。

7. 先问清楚面试官的职位吧

由于有些空缺职位比较着急招人，我通常会不等HR而是直接自己上。

因为我相信自己的判断力，而且公司给了我直接招人的权利。

有一回，部门扩张，要招一位项目经理，我面试了一位资历还不错的人。

他很有心计，一直在问我事业部的架构是怎样的。我告诉他：项目助理——主管——经理——高级经理——总监。

他说，希望可以考虑他来做总监。

我一听，不禁呵呵，你来做总监，那我算什么?

我说：这个部门有总监了。

他说：你们可以招我进来，和原有的总监竞争，优胜劣汰。

我说：可你简历上并没有部门负责人的履历，这个职位可能不太适合你。

他想了想说：哦，那也没有关系，那可以招我进来做高级经理的职位，我会努力的，会做到更优秀的业绩来匹配我的职位的。

他错把我当作了HR，才会有以上的神对话。如果他知道我就是部门负责人，估计也不会这样说话了。

所以，面试前，不妨礼貌性地问一句：您是HR吧？您好！我是某某某。

不就得了。

这也是一个没有下文的面试，我不会要他。

没错，是我的私心，没有谁会招一个对自己职位虎视眈眈的人进来，这是天理，更是人性。

所以，回想你当年被PASS掉的种种不堪回首的经历，这会儿是不是有点摸得着头脑了？

过去的回不来，别让当下的过不去。再有面试时，未雨绸缪吧，不要犯以上错误就好。

除此之外，衣着得体，妆容精致，举止大方，这些是面试的几大最基础的要素，之后，是各种精心的准备。

面试乃学问，博大而精深。我们是俗人，机灵又犯浑。而世界上很多的面试失败，都是我们自己的问题，你想清楚了吗？

第三章 【远方】

去看得最远的地方，手舞足蹈聊梦想

当“远方”变成一个极其残忍的字眼

一个人去大城市闯荡的第三年，她不打一声招呼地跑来，像个不速之客。而我，显然被这突如其来的“光临”弄得有些不知所措，除此之外，还有些无所适从。

她，是我的母亲，生养我25年的母亲。

那是一个周五的下午，她在火车到站前一个小时给我打来电话，我那时正在项目开会，当即掐断了电话。不到一分钟，手机屏幕再次亮起，我看到了那条令我目瞪口呆的短信：

“我来深圳了，晚上七点到站。”

我抓起电话冲了出去。

“你怎么突然来了?!”我有些惊讶。

“哦，我来看看你啊。”她说。

“怎么不提前和我说啊……”我埋怨道。

“今儿不是星期五么，明天星期六你不是就休息了么……”她有些吞吐，像个做错了事的孩子。

“可是我今晚要加班，明天要去参加朋友聚会，后天要去听讲座啊!”我的人生，被我规划得这么好了，她突然闯进来，无疑会打乱这个节奏。

“没事，你忙你的就好，我就来看看你，给你煮煮饭打扫打扫卫生……”她的声音越来越小。

那晚我加班到八点，不算晚，我走出去时天色却似乎入夜已久，我招手拦了辆出租，去到火车站。

到了火车站，远远地就看到了站在显眼位置的她，提着大包小包，身边还放着一个大行李箱，像来投奔我似的。

到了她跟前，我下车直接把那堆行李往出租上塞，她愣了一下，继而对我说：

“打车啊？咱们还是坐公交吧……”

“这么多东西，坐公交挤都挤不上去，这么晚了，你坐了那么长时间的火车，还是坐出租吧，舒服点。没事，上车吧!”我塞完最后一个包，把她推进车里。

回到住处后，我把大包小包连同她一起塞进房间，然后扭头就走，她追上来问道：

“你去哪啊？”

“哦，我去吃饭。”

“怎么，你还没吃饭吗？”

“嗯，那会儿在电话里跟你讲了的，我要加班，回来再吃，让你先在火车站附近吃。妈你先洗漱吧，我吃完就回来!”

“就在家吃吧，我煮点面条……”

“清汤寡面的我吃不下去啊，我马上就回来没事的!”说完我就消失在楼道里，她再说什么我就听不到了。

我在大街上转悠，随便找了家店吃了碗鸭血粉丝，浑身上下都舒坦不已。

回到家，我的小小房间已经被她塞得满满的，各种家里的特产，用具，她甚至还带了一个炖汤的紫砂锅来，说砂锅炖汤最有营养了，多喝汤可以长胖。谁叫我连九十斤都不到，瘦成令她担忧的闪电。

我见她正在厨房忙活，进去一看，发现她在洗碗洗锅，垃圾篓里有面条的包装袋。

“你煮面吃了？你没在火车站吃东西吗？”我诧异不已。

她连忙说道：“我吃了，吃了，没吃饱，就再添点……”

“那你在那儿待了一个多小时啊！”我有点于心不忍，有点后悔没有在家陪她吃碗面条。

第二天睡到自然醒，闻到一阵香味，就像小时候在家一样，啊，没错，是她做的早餐！

起来一看，堆在凳子上、沙发上的脏衣服都不见了，地板拖得干干净净，桌子擦得焕然一新，我对她说道：

“哎呀，又不是自家的房子，是租来的，你休息会儿，别太辛苦了。”

她笑了，“租来的也是你住的地方啊，不收拾干净，哪里住得舒服呢！”

那个周末，我还真的就该聚会聚会，该听讲座听讲座，好像她没有出现一样。而她也是默默地，并不霸占我的时间，好像她没有过来一样。

她那趟过来待的时间并不长，因为是向单位请的假，没几天就回去了。我去火车站送她，她不舍地看着我，弄得我浑身不舒服。

多大了，还煽情！

路上她唠叨不停，好像要把那几天没说的话全部说完似的，我听得耳朵出了茧，无非就是一些要照顾好自己，上班不要太累，要按时吃饭，物品都被她收拾摆放在了哪里。

“好了知道啦！”我有点不耐烦。

她这才安静下来。

公交上有个小女孩哭了，孩子的妈妈给女儿擦着眼泪。

那孩子哭道：“妈妈，你是不是要走了，不要我了？”

孩子妈妈说：“乖啦，妈妈只是去外地办事，两天就回来了。”

“不要！我不要妈妈去那么远的地方！我只要你陪我和我在一起！”小女孩哭闹得更凶了，孩子爸爸又开始哄，可那小女孩就是不听，哇哇哇地哭着。

身边的她突然笑了，“你小时候也是这样，我要出门买个菜你都抱着不放，硬是说不让妈妈出远门，我说我只是去买个菜呀哪能叫出远门呢，你却偏要说出了家门就是出远门……应该是你们这些小孩，人小，看待路程也会远一些，十几分钟的路程就成了远远的地方了……”

我听着听着，突然有些触动。是啊，在小时候的我眼中，出了家门就等于出远门，是我力所不能及的地方。终于我长大了，离开家跑到千里之外的地方还不觉得远，而在父母眼中，却成了遥遥相望的地方。

不禁回想起这些年身在远方的日子，没有一天是不被家乡父母牵挂的，他们想来，却不能天天都来日日相见，想让我回去，却深知不可为所以不会为之。他们无奈，只能将牵挂变成千里之音通过电话传达过来，然而却在我越来越敷衍的回应中熬瘦了思念。

他们着急，担忧，放心不下，买了火车票匆匆南下，只想看看我的生活，不打扰，看看就好。

看什么呢？看我有没有健康生长，有没有坚强存活，何谓生，何谓活，大抵看一眼便知晓。

我若安好，便是他们的晴天。

公交上放着歌，朴树的那首《生如夏花》。

我从远方赶来　赴你一面之约

……

我为你来看我不顾一切

……

是啊，为来看我不顾一切，也只有她才能做到。

“妈，你觉得我离家远吗？”我忽然问道，这让她一愣，随即她回过神来，说道：

“远归远，要是一年能回来两次以上就好了……”

是啊，我每年只有过年才回去，“五一”“十一”都被我计划着出去旅游了，一副世界怎么都看不够的样子。

“我现在最怕别人问我你是不是去了远方工作，就跟你小时候害怕我出远门一样，那么远，看不见，摸不着，根本不知道你是胖了还是瘦了。”

我听了连忙宽慰她，说我只是年轻，想出来闯闯而已，以后还是会回去的。

她摇摇头，“你知道我更怕的是什么吗？”

我不解地看着她。

“远嫁，怕你远嫁！”她变得担心起来，“万一有一天，你远嫁他乡，生了孩子，有了自己的小家，那恐怕一年连一次也难见到你了，那个时候再想去看你，就不能再这样鲁莽地跑来了，就得事先打招呼，还得看你们方不方便有没有时间……”

难怪她这次不打招呼就跑来，原来只是想单纯地任性一次！

我说：“现在还早着呢，你别想那么远！”

“远吗？”她自顾自地说道，“是挺远的……”

不知道是说时间，还是说距离。

想起不久前和爸爸通电话，他说妈妈每天都会整理我的房间，擦桌子擦地板，不让房间留一点点灰尘。他劝她别白忙活，我又不在家，可妈妈执拗地认为，说不定我哪天就不打招呼地回来了，工作受了气，恋爱吵了架，钱不够花，都有可能负气跑回来，然后一进门就能看到自己干净整洁的房间，就不想再跑那么远受那窝囊气了。

更重要的一点是，只有这样，才能让她觉得我可能并没有出远门，随时都可能回来。

在他们眼里，我或许永远都是那个怒气冲冲的小姑娘，只会发脾气，只会哭鼻子，受了伤跌跌撞撞到他们跟前让他们搽药疗伤。

原来，不知不觉地，我把我的远方变成了他们心口最痛的朱砂，想起来就生疼生疼的，揉不得，怒不得，怨不得，念不得。一切都是因为我选择了远方，留下他们在一座小小的房子里风雨兼程夜以继日地想念。

年少时只知远方有诗和酒，却不想还有泪和盼。我潇洒地去了那诗酒天地，留给他们一个连提起来都心疼的字眼，一个残忍得丧尽天良的字眼——

远方。

远方！

从来没有觉得这个字眼如此可恶，不对，可恶的是我自己，年岁的增长并没有把我揉炼成一个善良温和的人，我成了一个冰冷陌生排斥亲情的人！

岁月教会了我什么？我这不肖之徒。

我陷入无限的懊恼中去。

“到站了，我们下车吧。”她唤我。我回过神来，下意识地低头找寻行李，却发现什么也没有，她回去的时候就背了一个小小的挎包，装着钱包和几件换洗的衣物。

来时满身负担，回时孑然一身。我居然什么也没有买给她，哪怕一包零食，一个水杯。

我环顾四周，大家陆陆续续地下车，而那个刚才在车上一直哭闹着不让妈妈出远门的小女孩，也终于哭累了，趴在她爸爸的肩头睡着了。不知道她醒来，会不会发现妈妈不和她打一声招呼就上了火车。

是呵，妈妈们是不是都喜欢不打一声招呼就跳上火车？

送她往进站口走去，我竟十分不舍，我忽然想起那种感觉了，是的，小时候抱着妈妈不让她出门的那种感觉。

我对她说，等我以后挣钱了她和爸爸退休了，我就把他们接过来和我住在一起，走到哪里都带着，远嫁也带，以后的日子再也不存在“远方”这个恶俗的字眼。

虽然我知道，这对于我们这帮不顾一切冲到大城市的年轻人来说，通常是要付出比安身于小城市的人们几倍的辛劳与努力才能换回的，但那种感觉，也是旁人无法体会的世故和温良。

那些逆水行舟者，那些风雪夜归人

生活在这样一个多元化的时代，我很庆幸。为什么这样说呢？在我看来，越是百家争鸣千家争先的时代，就越是意味着道路的多样性。

展开来说就是，多样性的时代，选择的可能性也就增多了，而人类是一个庞大的、复杂的群体，单一的生活方式、就业方式、学习方式、旅游方式等等，已经远远满足不了我们现在的状况了，所以，正如你所见，越来越多新的东西冒出来，悲观的人说这是一个浮躁的时代，乐观的人拍手称快认为这个世界太有趣了。

介于这两者之间，我想说的是，尽可能利用这个时代优势，去获取你想要的东西。这种方式所带来的快感，超出你的想象。

1

说一个大学同学的故事。是我的大学校友，北方人，生得很粗犷，他的家境一如他的外形，一样的粗犷，一样的穷酸落魄。我这里没有讽刺的意思，我也不是富二代，只是比他幸运一点，我家里只有我一个孩子，没有一些除了自身以外的附加压力。而他不同。

他有两个弟弟三个妹妹，都生活在农村，父母是普通的农民，除了耕作，基本上没有其他的收入来源了。他作为长子，在成年后，毫无悬念地，成为家里的顶梁柱。

大学的时候，他用功到什么程度呢？早上五点起床，踩着破单车挨家挨户去送牛奶和报纸，七点回来学校，去早餐店打一个小时的零工，八点上课，十二点去校外快餐店端盘子，下午放学后，先做两个小时家教，再摆两个小时地摊。

我之所以记得这样清楚，是因为有一回学校搞了个演讲活动，让大家分享自己的课外时间。第一名有500元奖金，他去了。全场参赛者有几十个，我唯独就记住了他的独白，为什么记得这么清楚，是因为他把自己一天的时间都精分了，精分到以分秒计算，除了学习，就是打零工挣钱。

那次他得了第一，老师给的理由是，他是一个不愿停下来的人，脚下像踩了风火轮，永远在前进，在走，在奔跑，极致地生活着。他们还称他是“风火轮少年”。

发表获奖感言的时候，他很激动，说非常感谢学校给他颁发的这500元奖金，相当于自己一个星期拼死拼活挣来的了。主持人问他会如何使用这笔钱，他笑着说：可以给弟弟妹妹寄生活费了。

台下在座的同学，有的默默流泪，我听了也十分心酸，因为我十分明白，对于一个有着如此重担，一个在这陌生的城市里毫无关系只能靠拼命洒下的汗水挣来的微薄收入补贴家用的男生，即使他毕业了，恐怕一时间日子也好不到哪儿去。

他该怎么办？听完他的演讲，我的心久久不能平静。

前不久，另一位关系不错的大学校友和我聊了起来，我这才得知，当年的“风火轮少年”，如今已是家乡的小老板啦。

原来在大学毕业之际，在宿舍的卧谈会中，“风火轮男生”问大家：什么方法来钱快？

上海的A同学说：卖肾。

广东的B同学说：当鸭。

河南的C同学说：抢劫。

山西的D同学沉思片刻说，别听他们的，你去挖煤好了，来钱快，不怎么伤身，也不违法，钱也不少，别贪心，干完早点收手。

他就买了去山西的火车票，一个人跑到山西挖了一年的煤。由于签了生死合同，他获得的酬劳确实很可观。他也大难不死，两次矿难都死里逃生。一年后，他带着用生命挣来的二三十万，回到老家的小镇上开了家餐馆，这一开，就发了。

我不知道他是如何经营他的餐馆的，只知道，如今他的父母和尚在读书的弟妹，都归他养活。而他，也从一个前途未卜的重担青年，成了一个小老板。据说他在家乡还投资了其他的业态，挣了不少钱。所有能挣钱的行当，他都勇于尝试，寻找属于自己的那一行。

这是个敢想敢闯的人，你不能说他大学毕业只去挖了个煤而已，要知道他肩负着多大的重负啊！他如果想继续读书，想出国深造，试问，他有这个机会吗？没有。他连去当白领的机会都没有，因为他熬不起。父母年事已高，弟妹尚在读书。当一名普通的打工者，他没有熬得云开见月明的资本。

2

另一个故事，不是我身边朋友的，是我家老哈讲给我听的。他的家乡是一个三线的地级市，他正在读高中的时候，七天、如家这样的连锁酒店还没有进驻他们城市。那个时候他就想，开本土的连锁酒店，是一个绝好的商机。

可还没等到他大学毕业，本土的一家酒店就真的以光速蔓延，短短一两年，就已经将城市各片区都收入囊中，接连开了十几家连锁的酒店。而开酒店的，也正是三个有头脑的大学毕业生，而不是一些已经有经商经验和金钱的商人。

这三个大学生认准了这是个好市场，于是做调研、写报告、满地寻求投资，终于引来了风险投资。酒店开了起来，且一开不可收，短时期内占据那座城市的各大街区。

如今，等到如家、七天和汉庭再进驻他们城市的时候，俨然已经没了市场。他们挣得盆满钵满。

这也是一个敢想敢做的例子，虽然中间的细节我不太了解，但我想，如若不是有着果敢的眼光和蓬勃的野心，他们，可能就和大多数应届毕业生一样，求职或者考研考公务员。然而，他们却走出了不一样的路。

3

自从开了公众号，我常常在后台收到一些大学生和工作不久的粉丝发来的消息，说觉得人生好迷茫，问我该怎么做。

其实，我想说，如果你不给自己留退路，勇敢地向前冲着，一定没时间迷茫。我曾经写过我的一位读书读到博士后的表哥，他从未讲过他迷茫啊无助啊之类的话，他说之所以能考上博士后，就是因为不给自己留退路，抱着一条路走到黑的决心。

我十分佩服他，所以，在他的影响下，我也坚持了写文这件事。人生那么多彩，总有一件你擅长或者喜欢的事吧，那就去做啊。

像一无所有那样去赚钱。

像少女怀春那样去恋爱。

像不留退路那样去读书。

像丧心病狂那样去写作。

不就好啦。

公众号后台还会收到一些粉丝发来的自己写的文章和剧本，我觉得这才是对的嘛，你想到什么就去做，喜欢什么你就上啊，也就不会觉得迷茫了吧。

太宰治在他的《人间失格》里说了这么一句话：生而为人，我很抱歉。他觉得活着简直是一种强迫的煎熬，一种酷刑的避害。我觉得是不对的。生而为人，应该是喜不胜收啊，人间那么丰富多彩，那么多元化，供你选择的东西也越来越多，为何要厌恶呢。

生而为人，我很开心，这，才对嘛。

你若心中无畏，必将所向披靡

一切从我爬上一栋在建楼盘的32层绿网说起。

那是2013年的秋天，彼时我还在地产行业。据说这是一个高危的行业，一度入选“世界十大危险行业”。

那时我入职场还不久，心中有天地，不怕豺狼虎。印象很深刻的一回，是去一个新接的项目楼盘踩盘。那个楼盘刚封顶不久，绿网都还没拆，我和我们公司的市场部经理一道前往。

对方开发商的对接人个子很高，一米八吧，又是甲方，傲得不行，我几次都想撕了他，只是在找一个合适的时机。

那天他带我们去踩盘，我们一行三个人一块儿来到工地，戴着安全帽，乘坐施工电梯上到了顶层32楼。

一上去，我就发现气氛有点不对，那心高气傲的甲方忽然像泄了气一样，居然跟在了我们后面。这里条件是差了点，绿网都还没拆，里面水泥地上不是沙子就是石子，还有很多裸露在外的钢筋，有点贫民窟的感觉。

我领着路，走到边上，我可不是来观光的，我是来拍照的！我们是给楼盘做宣传的，这个楼盘号称自己的“公园居家”，周边有N个公园树林草丛，只要是绿色，就是宜居呀，只要宜居，就能让我们好好宣传啊。

可是如果没有照片，就算写一大通华章丽藻，也于事无补。所以一定要有图，无图无真相，还不能是概念图效果图。总之一句话，没有真图，就没有宣传材料了，我这趟也白来了。

我们市场部经理是个横向发展的胖子，浑厚圆实，他背着单反，准备好好露一手他的摄影技术的，结果止于当前那个恶劣的环境。他站在那里一步也不想挪动的样子。

我说，你不上去拍照么？

他咽了口口水，说：我太重了，万一把钢筋压垮了掉下去咋办？

那些钢筋，有一部分裸露在外，风吹日晒，锈得可以。

然后我们同时看向那个身高一米八的甲方，他虽然高，但是瘦，体重不存在明显优势，上去拍绝对没有问题。

结果那厮走到边缘处望了一眼，立马向后退了一大步，哆嗦着说：要不还是你们拍吧，我不会用相机。

没事，我可以教你。我说。

然后，然后他就窘在那里，不动了！

我回头再看市场部那个胖子，他也退回来了，也不动了！

这看上去已经没有别的办法了。

我叹了口气，说道：拿来吧。

市场部胖子看着我说：你要做什么？

我说：我爬上去以后，你把相机递给我。

然后我就爬上去了，在他们惊愕的表情下，我爬上去了，完成了优美的绿网航拍，钢架上的精灵简直非我莫属。

后来照片发到各大渠道，这个楼盘的“公园住家”概念迅速走红，再后来它开盘了，卖出比周边新盘都高的价格。我知道，这些功劳，并不只是我，我只是其中一个尽绵薄之力的小人物而已。

可小人物，也可以在小小的天地里做出不同凡响的事情来。而且大人物，不都是从小人物进化而来的吗？

后来我才知道，那个傲气的甲方原来是有恐高症。自那次以后，他对我说话非常客气，礼貌有加。而市场部经理，体重是真的很重，据他自己说是不擅长飞檐走壁。他后来一有项目，会第一个考虑我，我的项目越来越多，薪水也越来越多，职位也越来越高。

这世上有许多东西，都是自己挣来的，毕竟别人谁也帮不了你。我喜欢胆儿大的姑娘，喜欢她们的那一股子闯劲儿。作为女孩子，才更应该像个爷们呀！

据说一个女生最美的时候不是娇羞，而是无畏无惧的时候。毕竟我们要自己保护自己很长一段时间，要努力证明自己，活出价值不是吗。

羡慕什么样的人，就会成为什么样的人。这一点我深信不疑。

所以岁月飞逝，没有教会我过多的梳妆打扮的知识，而是赐予了我一副无坚不摧的铠甲，护着我，冲锋陷阵，肝胆相照。

始终会有那么一天，当你发现自己越来越强大，没有什么能打倒你的时候，就会心底感谢自己。谢谢当年的那个你如此勇敢，不怯弱，不后退，因能领略更多的风景。

当我爬上32层的绿网时，当我看到所有的一切都在我脚下时，当我发现自己做到了连男孩子都不敢做的事情时，我觉得那天的风景特别美，我离天空特别近。单反相机在我手里，我用镜头抓拍到天空中飞翔而过的飞鸟。它们虽然没有在天空留下痕迹，却在我的镜头里存下，在我的心里飞过。

没有什么比这更动人的了。

而如果那天我没有爬上去，就什么也不会看见。展现在我眼前的，是一堆钢筋水泥混凝土，仅此而已。

后来我一直在想，当时为什么就能义无反顾地爬上去，或许也只能用“心中无畏”来解释了。

当你心中无畏时，什么都阻止不了你。

因为，你若心中无畏，必将所向披靡！

知世故而不世故，是最善良的成熟

2016年的毕业季，公司招了一大批管培生，并且分了两个给我带。

何谓管培生？拉长来讲就是：管理培训生。他们比一般的员工有更多的优势更好的机遇。换一个说法，就是储备干部了。

还未涉世，便已是一只脚踏进管理者候选名单里的人了。

这是我第一次带管培生。之前虽然有带过新人。但新人和管培生不一样。

新人很可能只是这家公司的新人，而事实上他们已经工作多年，有自己的工作方法和模式，无须过多教导。

而管培生不一样，他们刚出校门，都是这一年的应届毕业生。踏出校园的第一份工作就遇到了我。我是不是很重要啊，我该扮演什么角色才好呢？

严厉的领导？不行我会笑场啊。

怒吼的欧巴桑？哦不我还要形象呢。

嘻嘻哈哈的伙伴？这怎么行呢，带坏人家怎么办！

哎，我思前想后了半天，决定，还是以我一向的亲切气质吧。

其实我是个温和的人，只是有时候会急躁。这一点可不能暴露了，不然给管培生留下了不好的负面影响咋办。

于是我就在工作时间尽量不和他们开玩笑和闲聊，但中午吃饭的时候和下班的时候，就可以尽情聊天啦。

对于吃饭这件大事，我一向很积极，并“告诫”他们：不积极地吃饭不足以谈人生！

于是每天早上我们见面的第一句话不是“早啊”，而是“哎今天中午吃什么啊水煮鱼还是辣子鸡啊”。

其中一个比较腼腆的管培生，他在入职第一天就问我自己有什么不足，希望我多指出。

我说你最大的不足，就是太腼腆啦，工作中，还是要放开一些。他说好。

有天中午大家一起出去吃饭，聊了很多生活上的趣事，他终于慢慢放开了，会讲些段子和冷笑话了。

另一个管培生比较外向，和我说了他大学毕业前和同学一起骑行去西藏的故事。其中不乏惊险的场面。

我听得两眼放光，立马爆料自己大学的时候也曾单车骑行了五天，去了三座城市，还用的是最差的装备，刹车都是半灵不灵的。

他们一面说天哪，一面用眼神告诉我，啊，你能存活到现在还是很不容易的。

每天下班的时候，明明已经忙完了，他们都会等我说一句“今天没有什么事情了，你们可以先回去了”，才会收拾东西下班。

前天下午我们分工完成一项工作，到了下班的点，其中一个管培生的任务还没做完，另一个已经弄完，但也并不走，等着他做完，并在一旁给出建议。

好在十几分钟后就完成了，我说发给我，你们回去吧，他们才离开。

其实当时我很犹豫的，想着要不要让他们先回去，第二天上午再做其实也来得及的。我不鼓励加班，加班既没效率，也不人性，还破坏了人生的业余生活时间。

但转而一想，那个任务就差一点点就完成了，如果在那时就劝他们戛然而止，那他们也就体会不到“日事日毕”的企业文化了。

多十几分钟，却能把一件事彻底做完，也是一种省时省效的办法。如果拖到第二天，得去回顾前一天的工作，再整理思路，实在浪费时间。

带了他们没多久，公司进行管培生考核，非常严格，没有通过考核的将会离开公司。那两天我真替他们捏一把汗，竞争是残酷的，也是严苛的，更重要的是，通过率很小，仅八分之一。

三天的考核之后，他们竟然双双通过了！我那个喜啊，简直比他们还开心！于是带他们出去吃饭，这么出色，必须要犒赏啊！

他们说都是我带得好，其实并不是，我带他们的时间并不长，一切都是因为他们自身优秀。

其实我是个失败的领导，我以前带过的无比信任的下属，曾在我身体最虚弱的时候，争夺我的职位和奖金。而我却无能为力。

我一度怀疑自己在那段时间患上了抑郁症，因为终日以泪洗面的感受真的不好受。这段过去，以后我可能会写出来，但不是现在。

我觉得我在职场所受的委屈都在那家公司尝尽了，但我还是咬牙坚持到了身体好转，然后跳槽。

但在那以后，我对新认识的同事，都保持着距离。也因此在很长一段时间内都没有什么工作上的朋友。

随着慢慢的相处以及内心伤口的慢慢愈合，我发现职场并没有我想得那么糟，还是可以去亲近你喜欢的人，和她们做朋友。

而我带的这两名管培生，虽然相处时日并不长，但一度给了我不少温暖。

我想我还是留恋团队作战的。

他们都是接近1995年的了，在我眼里确实就是小孩子，刚出校门不久的新人。

但他们做事都很积极，每天都在不停地问我还有什么工作要安排给他们的。看待工作和待人接物上也很纯真，彬彬有礼。

我喜欢有礼貌且积极向上的人。

也喜欢这种团队并肩作战的感觉，以及可以在工作之余打成一片的不设防。

谁说江湖越久，就越奸诈越险恶？

其实险恶的不是阅历，而是人心。

险恶的人心，无论在什么时候都会显露，而温良的心地却很少发生改变。

我一直都很庆幸，自己并没有变成那种尔虞我诈、弄虚作假的人。

没有成为自己所讨厌的那种人，便是人生莫大的福报。

每当看到或听闻那些职场负面故事时，我总会想，如果有一天，我面临逼不得已的一步，只有使出手段才能得到，那我一定会果断放弃，哪怕放弃职场，也不能改变了自己，不然最后一定得不到快乐。

我写过一个善良的同事，有一段是这么说的：

这是一座承载了太多抱负和叫嚣的城市，人们有着这样那样的梦想。然而，梦想太大，现实显得有些遥远，于是很多人变得急功近利，焦虑狂躁，却忽视了许多细小甚微的事情。

这些细小甚微的东西，便是情分。

有多少人为了名利而丧失掉原本可以长久的情分。

不是智者，是愚者。

而情分，才是最重要的人生阅历。懂得情分的人，才能知世故而不世故，才是最善良的成熟。

适应变化，也是一种强大的修行

题记：人只有在变中求不变。——霍·史密斯《锡喇叭》

2016年初，公司请了一位香港男明星过来做活动，为我们做品牌宣传。为了尊重人家，我这里就不提他的名字了。

但值得一提的是，他曾演过很多著名电视剧，并且还是主演。他的脸放在你面前是非常熟悉的荧幕脸，谁都看到过。但他的名字就没有那么令人熟知。

由于要提前出宣传资料，我用了半个月的时间一直在忙这些事情，查找他的个人资料、参演影视剧及所获奖项。

出于工作职责，我翻遍了有关他的资料和简介，包括他的微博。他在九十年代的TVB还是比较火的，主演过很多电视剧。但看照片，则完全看不出他是五十年代出生的。

还是算保养得比较好的了。

我用他曾主演过的一些镜头剪辑做了部微视频，附上我们的台词和配音，作为一种宣传方式。那段时间里，满脑子都是他的模样。

那个周末，他如约而至。当时，我们的工作人员和粉丝排成了一条十几米长的队伍，中间空出一条长长的红毯，一直延伸到我们的舞台。

阵容还是可以的。

到了快出场的时候，他的黑色商务车稳稳当当地停在我们集团的门口，我观察了一下，是辆非常低调的丰田七座商务车，香港牌照，驾驶座位在右边。车窗紧闭，颜色深黑，看不清里面。

这里说个小花絮，其实在看见他的车之前的半个小时，我和他距离并不远。当时我在办公室，突然有同事冲过来喊我一起去老总办公室，说明星来了，赶快一起去合影呀。我微笑着说我不去，你们去吧。然后不到十分钟，朋友圈就满是同事们和这位男明星的合影了。

我不去，倒并不是我不喜欢他，当然，也不能用“喜欢”这个词。只是我对明星这一群体，没有太多的感觉。并且，我不大喜欢跟风，不想和一群人争着抢着去做一件事情。

所以当他的商务车停在我们集团的门口时，很多人都在尖叫着等待时，我在一旁默默地站着。那一刻，我知道自己只是一名工作人员。

主持人宣布出场的时候，保安手拉手围成一个大圈护送他下车、走红毯。他接过我们为他准备的鲜花，在簇拥中走向舞台。由于红毯比较长，两边又都是人，拍照的尖叫的握手的，场面有点混乱，保安就大声呵斥着冲过来的人。

这个时候，我留意到，那位男明星很大度地笑了，笑声挺爽朗的，也很可亲。顿时，我对他的好感增了三分。

活动的时间并不长，半个小时就结束了，他坐上车离开，笑着和大家打招呼。

后来，我问营销部的同事，才知道，请他的出场费并不高，几十万吧。这是一个什么概念呢？他们说，如果要请一线明星来，估计要七八位数的价钱。

听完这些，我忽然有点悲观，我悲哀的是，市场以一个价格来定义一个人，简称“身价”。而这个市场上的大多数明星，身价都不是恒定的。有人在十年前身价上亿，十年后已没人记得他是谁。有人十年前名不见经传，如今名声大噪身价百倍。

我们谁也没有办法控制这种事情。

写到这里，不得不再提到一个人。看过网络小说和作家排行榜的人都会知道他——唐家三少。

首先，我们来看一组网络作家富豪榜的数据：

2012年——3300万

2013年——2650万

2014年——5000万

2015年—— 1亿……

四年加起来，嗯，两个亿！一个靠写字为生的人，四年仅靠这些文字挣了两个亿。

唐三的小说是玄幻类的，读者大多为男性。我没有看过他的小说，也很少看网络小说，我第一次知道他，是在几年前芒果台《天天向上》的一期节目。

那一期，节目组邀请了一帮网络作家，都是富豪榜上的人物，什么天蚕土豆啦，我吃西红柿子啦，唐家三少啦，当时汪涵让他们自我介绍的时候，唐三幽默地说道，我喝豆浆喜欢糖加三勺，所以就给自己取了个笔名——唐家三少。汪涵一听，说道：你们这又是土豆又是西红柿又是糖的，敢情网络小说作家的名字都和吃有关哪！唐家三少笑道：哎，没错!

这就是我对唐三的第一印象，是个挺风趣的人。我看人一般是先看谈吐，再看外貌。所以唐三给我的第二印象是，高。真挺高的，有一米九，比乐嘉还高，乐嘉是一米八四。

就是这个身高一米九的大汉，稳坐网络作家富豪榜榜首，四年了，从未动摇，而且还一次比一次猛。

后来看了一些采访他的文字，得知，他的写作秘诀是——不断更。

网络小说界有个规矩，叫作“日更”，意思是每日更新。浩浩荡荡的千万网络写手大军，只有“日更”的作者，才有出路。一旦断更，后果惨重。

有位曾经很出名的网络作家名叫萧鼎，也是唐三的朋友，这位作家写过一部超级火的小说，相信大家都听过，名字叫《诛仙》。但他很懒，中间断了几年，就被读者忘得差不多了，之后他再出来，再谈人气和票房，就难了。

在这件事情上，唐家三少可谓是前无古人的一种神存在，神到什么地步呢？——他写了十二年，十二年中没有一天断更，并且每天保证更新六千字以上，风雨无阻。

这就是所谓的“日更六千”。不疯魔，不成活。欲达目的，必先癫狂。

我这辈子只敬佩两种人，一种是一天才，另一种是疯子。而从某种意义上来说，这两者是可以同体的。天才在左，疯子在右。

让我们来看看唐家三少的癫狂。

生病了，左手打点滴，右手敲键盘日更。

出去旅行，在车上日更。

老婆生孩子，在产房外面日更。

采访过他的人说，唐家三少的存在是可怕的，他不是一个写作者，他是一个写作软件！

好家伙，写作软件，这恐怕是对网络作家最大的褒赞了吧！

对于写作这件事，唐三自己认为，他之前的写作是因为坚持，这话一点儿也不假，没有坚持，就没有曙光。再之后，他说是因为热爱，只有在写作的时候才能忘掉所有的不快与痛苦，原来这么多年来坚持写作，是因为热爱！

坚持——热爱，是一个互生互换的联系。

有人拿唐家三少与金庸做比较，其中有一项是说，金庸封笔了这么多年，名声依然很大，而如果唐家三少封笔，结果是不敢想象的。

这句话，令我想到了我在文章前面提到的“请明星”这件事。一个人再风光，究竟能风光多久，似乎并不取决于这个人。这里面有市场、粉丝、时代等种种错综复杂的因素。这些因素是不可控的。

一个人不可能永远风光下去，就像十几年前唱功良好的齐秦如今再出来歌唱，嗓音都有些变了。

韩寒也说，现在不写东西是因为觉得很难写出能够超越自己早年作品的文字了。他还自嘲道，说自己现在偶尔写个博客，马上就会有读者跳出来评论，说：你现在就这水平了啊，太令我们失望了！

韩寒说这也是个好事，证明他的读者对他的期待很高，不希望他拿一些不过关的文章出来搪塞。所以韩寒近年来很少有文字作品了，转战拍电影、开公司、开美食店，以及当“岳父”。

不知道“演而优则导”，是不是也是这个意思。

在这个高速发展的时代，有很多人像岛屿一样浮出来，为众所周知。还有一些人在宇宙的浪潮中被迅速湮没下去，渐渐被人遗忘。

一切皆流，无物常住。浮出来与沉下去，转瞬即逝。

然而，无论外界怎样瞬息万变，至少我们可以握住自己的内心世界，不受外界干扰，不随风摇曳，安静成自己的样子就好。

这也是我今天想说的。不仅是风光这层表面意思，不是所有的世间变故都是有迹可循的，有时候我们也无法预料和把控一些事情，诸如名声的渐弱，新旧的更替，老友的远去，情感的消逝……

拜伦说：今日之我已非往昔之我。

变化，才是这个世界唯一不变的东西。适应变化，也是一种强大的修行。同样，一个连变化都不惧怕的人，才是真正强大的人。

半途而废的生活，我可不要

题记：有时候，即使身负着伤，流着血，淌着泪，也要强忍着。因为有些使命，义不容辞，义无反顾！

时隔三年，是时候讲讲2013年冬季我去郑州出差谈客户的故事了。

我是在动身的前一天接到任务的，老板派我去郑州谈一个出了公关危机的项目，要挽救回来，并且续约。因为这个客户非同一般，是地产界的NO.1——万科！

向来知道他们不仅是全宇宙最大的地产商，也是最难“伺候”的挑剔主儿，做他们的项目简直可以累死折腾死！没办法啊，人家全宇宙排行第一啊，你爱做不做啊，你不做，大把的人抢着做，这就是大牌效应。

同行争先恐后地涌向它们，并不是为了找虐，而是以服务它们为荣，日后化成优秀案例就是牛×哄哄的谈资了。

所以，这次临危受命，责任重大。我和部门另一位同事一同前往。

第二天飞机落地，郑州办事处的同事带我去酒店开好房间，放下行李，我们出去吃了餐饭。

不得不说，郑州的菜馆真是良心菜馆，我们三个人吃，点了四个菜，老板娘劝我们少点一个，不然吃不完。

我一听乐了：还有劝食客少点菜的啊，老板娘有钱你不赚呀！

老板娘说：真的，你们真吃不完。

我二郎腿一跷，说：只管上！吃不完我们兜着走！

结果菜一端上来我们就傻眼了：这么足的分量，别说四个菜了，就是两个菜也够吃了啊！

于是我们连米饭都没敢吃几口光吃菜也没能吃完。

事后我问郑州的那位同事：你咋不早说呢？

妹子眨着眼睛说：你说你很饿，我以为你真的很饿……

好吧，这位妹子名叫小禾，在深圳公司待过一年多，那个时候我们住上下楼，非常嗨皮。我的第一本书里有篇文章叫作《好闺蜜就是上下楼》，写的就是她了。如今她调到郑州了，模样儿没变什么，脑袋倒是变机灵了不少，乃至于现在她已经是市场总了，成天在外谈客户，成熟大方×炸天。当然，这些都是后话了。

吃完饭，我们回到酒店，打开暖气，那时是11月份，郑州很冷。

我们打开电脑，三个人围坐在一起，不是看电影，而是在加班赶方案！

因为是头一天临危受命，我们连方案都没来得及准备，所以那个时刻，我们有两个方案要做，还有一个市场调研的周报要做。

我麻利分完工，三个人开始噼里啪啦敲键盘，不时还要转过头讨论一下下。

这个班从晚上八点加到了凌晨一点。

我们合上电脑，回各自的房间洗漱睡觉。洗完澡的时候地滑我瞎，不小心跌倒了，把脚趾磕出好大一个口子，血直往外面冒。

当时我就疼出了眼泪。我看着口子，大骂一声，然后找来东西简单包扎止了血。

大半夜的，懒得去医院了，第二天还得去给客户提案呢！

结果晚上竟然疼得睡不着觉。我在床上翻来覆去，想着明天的大事，又想着我那受伤的脚，担心了一晚上。

第二天起床，小禾来叫我，我把磕伤的脚抬起来给她看，她吓了一跳，叫道：天哪！都积成瘀血了！肿了好大一个包！

我说：这不是关键，关键是我现在走不了路了，高跟鞋也穿不进去了一会儿咋搞。

于是小禾与另一名同事一起，架着我去了附近最近的小诊所。

大夫看了伤口，说：瘀血都积在里面了，得用针挑破，挤出瘀血，再消个毒，还要打破伤风。

我点点头，一咬牙，就被刺穿了血泡，疼得咬牙切齿。

然后是鞋的问题。

大夫看了看我的高跟鞋说：小姑娘，你还想要你这只脚吗？

我吓得半死，大夫你不要吓我，我还这么年轻。

那就换双棉拖鞋，平底的。大夫说。

我说：这可不行，我一会儿要去见客户呢！

大夫说：什么事情比得上你的身体要紧？本来昨晚磕了就应该过来的，耽误了一晚，伤口就更严重了。你这会儿不听我的，以后别说后悔。

然后大夫让小禾去旁边的百货店给我买了双宽松的棉拖，看着我换上才放我离开。

我还是被他俩架着，我说：走，快去打车，不然赶不上了。

他俩看着我，我知道他们挺想劝我要不回酒店休息吧别去了。但这一趟岂能如此白跑？

下车后，我就这样，一瘸一拐地走进项目营销中心。我没让他俩扶，因为不想搞得太大动静。

去到会客室，甲方还没有来，我进去找了个隐秘的地方坐了下来，桌子够高，可以遮住我的棉拖。

不一会儿，甲方来了，我咬着牙起身和他们握手寒暄。

打开电脑，给客户讲了半个小时的方案和探讨，可算是结束了。我心底的石头终于落地。哪知接下来我就懵了。

客户起身说道：你们从深圳大老远过来一趟真是辛苦了啊！

我们连忙说：应该的应该的，项目合作了这么长时间，的确是应该常过来碰面沟通沟通的。

客户说：非常好。

这下好了，续约有望了。

继而客户说：我刚好要出去，一起吧，也算是送送你们！

这下轮到我不知所措了，我的脚上，可是穿着一双粉嫩粉嫩色系的萌拖鞋啊！原本是想等客户走掉后，我再低调地撤离的，毕竟营销中心这么大，前来看房买房的人又多，我一个穿拖鞋的并不稀奇。可是，可是我现在是来代表深圳公司谈合作的啊！小禾他们两个都懵了，总不能解释说你好，我们总监腿脚不灵吧！

对方还在礼貌地看着我们，无奈，我心一横，豁出去了！我踉跄着从会议桌边走出来，小禾连忙过来扶住我。当甲方看到我的粉红拖鞋时，呆了。

我吸了一口气，微笑、大方地说：王总啊，我这个脚昨晚不小心磕伤了，医生嘱咐只能穿宽松的拖鞋，否则会有后遗症。其实我本来是可以不来的，但不行，我既然连千里都跨过了，更何况是这近在咫尺的十几公里呢！所以我来了，带着我的诚意以及我们公司的诚恳……

说了一堆话后，对方点点头，说：辛苦了辛苦了！

回到深圳没多久，我们就接到了他们的续约通知。

而我的脚，过了一个月才好。

可脚伤刚愈，新的伤痛又悄然而至了。

那是一个极为平常的下午，在深圳本地的一个项目，碎石子太多，我猝不及防地摔在了地上，疼得撕心裂肺起都起不来。

我被送到了医院，拍了片，出了结果：尾骨摔裂。

难怪那一路上，我都疼得止不住眼泪。

庆幸的是，我可以不用住院，回家调养，但每天都要敷上一团泥糊状的中药。药敷上去后就必须趴在床上，否则药会掉下来。

而那个时候我正在写长篇小说，和签约方有约定，每日须更新三千字。

药的分量是一个星期。一个星期有七天，三七二十一，也就是说，我要写两万一千字以上，才能保证小说不断更。

呵呵，然后我做了一件我自己都难以相信的事情。敷药的那一周，我每天把电脑抱到床头，趴在床上写，一面构思敲字，还要一面忍受着骨头愈合的疼痛。

我趴着写了七天，一天也没有断更。

七天后，可以不用敷药了，但我无法坐下去，因为尾骨裂了，坐下去简直会要了老命。而我趴了一个星期，胸都快压扁了（虽然一直也不鼓，咳咳）。

所以，在接下来的七天，我站着敲字，依旧没有断更。

受伤的第十五天，我去医院复查，基本好了，而我的小说，也完成了。期间，我还发表了一篇纯文学的小说到《作家林》上，现在回想起来，我简直就是一只“头等字号”的励志好青年啊！

那张在医院拍的片子也被我保存了起来。我在想，今后如果有某段日子很难熬快要挺不过去的时候，就把这张印有我裂了的尾骨的片子拿出来看，想想那个时候的疼痛和坚持，就无话可说了。

经历过两次受伤事件后，我深有体会，有些事情，你正在做着且必须完成，但如果突然受了伤或者发生了其他的一些变故，你就此停下，事情就不会朝着你预期的方向发展下去，会因此而停滞，甚至戛然而止。

而半途而废的生活，我可不要。

为什么你的职场格外委屈？

1

曾经被一句风靡大众的话刷屏并深受其影响：谁的职场不委屈？这句话流行起来之后，渐渐偏离了它要表达的初衷，反而成了我们抱怨、逃避职场压力的借口。几乎所有的职场不如意，都能套用这句话。

被上司批了——谁的职场不委屈？

业绩做不上去——谁的职场不委屈？

熬夜加了班——谁的职场不委屈？

同事相处不融洽——谁的职场不委屈？

卷铺盖回家了——谁的职场不委屈？

我们迷失在这句话的表象里，以为所有的职场都是委屈的，受不得一丁点挫折，扛不了一点点风浪。

我有个小我两届的学弟，介于我们师承一位德高望重的老师，所以，毕业后，他通过老师给他的联系方式加了我，一口一个“学姐”，想向我讨教工作以来的经验，比如去哪座城市会比较好玩、去什么样的公司上班比较轻松、什么样的领导比较难相处、哪些同事一看就不是好人……

我被他的各种奇葩问题弄得十分无语，我对他说：你接下来只有两条路。他在微信上发来一个傻白甜的表情，以为我要赐他灵丹妙药。

我说：一条是回家啃老，另一条，出去碰壁，然后，碰完了再告诉我。

说完这段话，我有好一阵子没理他。后来老师问起我来，我如是回答，老师说：会不会话说重了点?

我说：不会，如果连这句话都承受不了，那他以后的日子还有得苦受呢!

我的老师，一路读书到了博士，念完书就来我们学校任教，十几年来除了研究学术就是讲课，她不会知道当今这个人满为患的社会，是多么的现实与残酷。

2

这件事过了差不多三个月，那位学弟又联系到我，态度诚恳了许多，也没那么浮夸了，我想还是社会历练得好啊，就问他现在工作如何。

学姐，这个社会太不好混了！职场太委屈了！我面试进了一家大公司，职位可是储备干部呢，可是公司的一名小员工，学历不如我，专业水平还没我强，居然成天对我指手画脚的，安排我做这做那，搞得我跟他的小跟班儿似的！你说变不变态?!

我说：那名小员工工作时间超过两年了吧？

学弟说：嗯，好像是。

我说：那他就是有点资历的老员工了，安排你做事怎么了？

他说：关键是他什么都不如我啊！

你知道你们老板平时最爱吃什么菜、唱K时最喜欢点什么歌、红酒喜欢喝哪个牌子的吗？我问。

他愣了，说：我不知道啊。我为什么要知道这个？

如果你老板临时叫你帮他买一杯咖啡，说完就走了，没有告诉你要哪一款，你会怎么办？

去问问别的同事呗！

问谁？

呃，那个每天安排我做事的同事……学弟的声音小得快要听不见。

3

又过了一段时间，他再次向我吐槽，说公司经常加班，累成狗，领导还总是嫌他进度慢，于是天天挨批。

我说：你们其他同事都在加班吗？

他说：有的加，有的不加。

我说：加班的都是管理层还是普通员工？

他说：当然是普通员工啊！领导每天都准时下班，有的甚至还提前下班！他愤愤不平。

那也不是没有办法不加班啊。我说。

什么？他问。

再努力点，成为领导。

然而两个月后，他还是没有留下来，他说这里是个大坑，他要跳槽。

我说：跳去哪里都一样，该遇到的困难都会遇到。

离职后没过多久，他顺利进了另一家公司，公司规模比较小，同事年轻人就那么十来个，大家平时没事就约着一起出去爬山唱歌，很快活，他觉得在这里遇到了知己，把同事们一个个都当朋友，什么事都在饭桌上说，结果有一天，他对领导的不满就传到领导的耳朵里去了，那领导也不是省油的灯，想着方法克扣他工资，出差、公关的苦活都丢给他干，几经折磨下来，又惨了。

这回他斩钉截铁地和我说：学姐，这地方就是地狱，简直不是人待的！我下家已经找好了，这回不裸辞，直接和新公司谈了个主管的职位，下周就入职了！

我说：别太把职位当回事，先探清楚下属的脾性和上司的脾气再说。

他拍拍胸脯，说没事儿，我知道怎么做人了！

过去新公司以后，他还挺受上司经理喜欢的，可他不知道，他这种作为夹在经理和员工之间的小主管，其实就是个受气包，俗称“夹心饼”。

上司让他去批评同事A，他就去了。

上司让他去挑同事B方案里的刺，他去了。

上司让他压着同事C的报销单不给报，他去了。

最后，同事ABCDEFG汇聚在一起，联名告到老板那儿，要么他走，要么大伙走。老板一看，24个字母都集齐在这儿了那只能对不住了小伙子走吧。

他委屈得要死，去找经理评理，结果经理态度非常冰冷，令他无语死了，只能卷铺盖走人。

他给我发微信，说：学姐，为什么职场这么委屈啊！你委屈过吗？

我说：当然有啊，我又不是圣人。

那我怎么觉得我的职场特别委屈，格外委屈啊！

我说：其实跟委屈没关系。

他说：那是什么啊！

是心理承受能力。我说。其实你碰到的这些事情，在职场中太常见了，你把它们当人生经历就好，不用太在意。而且，不要一遇到事情就觉得是职场委屈了，这样下去每天不是都活得痛苦死？你就这样想，职场就是个大染缸，什么颜色的布料都有，什么颜色都可能沾染到，如果每一种颜色都代表一种委屈，那我们闯荡几十年江湖所染上的五颜六色，该如何洗脱？

4

劝慰了学弟之后，我不禁在想，曾经的我，刚踏出校门的时候，也是这样的敏感脆弱，一有点风吹草动就心生委屈，继而觉得天气怎么那么差，老是在下雨，其实天空一片晴朗，下雨的是自己的心。

没有谁的职场格外委屈，也没有谁的生活格外不如意，有的只是被放大的情绪，被刻意的介怀。倘若抛开这些，你会觉得，一切都没什么大不了的，我所经历的，也是成就我的，我所奔赴的，也是照亮我的。如此，便好。

而更重要的是，委屈，并不是借口。

不一定留在大城市才是英雄

我经常会在微信公众号后台收到一些留言，询问我究竟是该去大城市拼一拼，还是回到小城市，安之若素地过一辈子？或者是工作非常累非常辛苦，大城市的生活成本太高，看不到未来。

问这些问题的大多是没有毕业或工作不久的年轻人，我能感受到他们心里的那份迷茫。

起初我对这些问题还非常耐心地解答，带着辩证的思维，列举大城市的种种好处，希望给到他们一些启示。但后来，问我的人越来越多，我对这个问题，渐渐保持沉默了。

我觉得我不能如此轻浮地回答这样一个问题，这绝不是一两段简明扼要的解释就能完成的，也不是一场劝说，这其中包含着巨大的信息量和命运说，是一件非常复杂的事情。而唯一能够理清这件事情的人，是你自己。

我想讲讲我和我表妹的故事。

2012年，“世界末日”的那一年，我毕业了，顶着被毁灭的危险独自离家来到深圳闯荡。那时候心中一千头鸡血侠在狂奔，一万部玛莎拉蒂呼啸而过。

我从罗湖火车站走出来，望了望不远处的地王大厦，觉得也不过如此。

我一定要站在地王大厦的顶端俯瞰这座城市！满满的雄心与斗志在我心里打转。

好了，过了两年，我站在了京基100的92层餐厅，为公司项目的发布会忙得焦头烂额。那时候我想，可能再努力一点，我就能到达100层了吧。那将会是一个高处。

2013年，我表妹来到深圳，和我住了一段时间。她比我小4岁，读了职中就出来工作。表妹的家境并不富裕，还有一个尚在念高中的弟弟。

所以，19岁的她，就要开始闯荡了。

回想起自己的19岁，正是刚开启无忧无虑大学生活的时期，是没有压力的快乐时光，而我的表妹，在这个年纪，却是要和一群二三十岁的人一起工作，要挣钱，要贴补家用。所以我格外心疼她。

而那个时候我也没钱，刚大学毕业，只是比她早出社会一年。我们俩蜗居在我那十几平米的一居室里，下班回来就一起煮饭追剧，周末就去东门逛街，练就一身砍价的好本领。

表妹学历不高，学的是工程造价，所幸专业还可以，令她小小年纪幸免于去到环境艰苦的工厂。没多久，她找到了一家小公司，做着与专业相关的事情，月薪三千，包吃住。

我觉得这个待遇在她这个年纪是可以的了，公司在福田中心区，宿舍就在公司对面，是九十年代的小区，一套三居室，虽然外表很旧，但里面装修得还行，七八个女孩子住在里面，都是一家公司的同事，她年纪不大，也算是有伴一起，我比较放心。

然而我更放心的是，这个住处给她带来的各种便利。

1. 福田中心区的租房水平在两三千元，在那个年头租一个隔断间，大概就是这个价。

2. 如果要像我一样省钱住在离公司远一点的地方，房租在八百至一千二百元不等，单间，没有任何家具，全靠自己填充。

3. 交通费。如果去公司需要坐车，每个月的公交费在一两百元。

4. 最后是伙食费。中心区的快餐平均在12～18元一份，加上自己还得吃早餐和晚餐，那么以一天二十元来计算，一个月的伙食需要花费六百元左右，这还是在非常节省的状态下。

好，我们来做一下加法。两千元房租加一百五十元车费加六百元伙食费，差不多三千元了。折合在我表妹三千的月薪里，就相当于她一个月能拿六千元了。

这是件非常可观又可喜的事情。要知道，这在2013年对于一个19岁的姑娘来说，简直是很了不起了。

她要搬出去的前一晚，我带她去吃羊肉火锅，辣得我们直打喷嚏，眼泪哗哗地流。

她说：姐，你说我们以后会是什么样的结局啊？

换别人，我早回答“人固有一死”了，可她是我表妹，我不能这样没有节操。

我说：你思考那么长远的问题是不是太早了点？

她说：我就是想知道，自己有没有留在深圳的可能。

那个时候，深圳房价还没有经历2015年的疯长，龙华中心区的房价不过两万，龙岗遍地都是一万一平米的房子。总之，还算是一个宜居的城市，相比北京上海而言。

在思考了这些之后，我对她说：有什么不可能的啊，你再奋斗几年，有了男朋友之后，一起存钱付首付、还月供，不是什么难事的！

表妹听后非常认真地点头，说：好，我要努力挣钱，留在这里。

好嘞，为留在这里干杯啦！两瓶雪花碰在一起。

2015年，表妹凭自己的努力，利用工作之余的时间自学专业知识，通过了二级建造师资格证的考试，成为了一名二级建造师。这是什么概念？从法律上讲，这就是工地的项目经理证，有了它才能当项目经理。但表妹的工作资历尚浅，还得努力工作积累经验，不过对于21岁的她而言，已经有了一副不错的底牌了。

她很快跳了槽，工资翻了一倍，依旧包吃住，在华侨城那边，很好的位置。这还没有结束，二级建造师是有挂靠费的，她每年可以领到一两万元。更重要的是，此后，她再也不用担心公司裁员什么的了。

也正是这一年，深圳的房价抽了疯，龙华中心城疯长到四五万一个平方，龙岗好一点的地段也到了三万，南山不知不觉满是五六万甚至六七万一平米的房子，一堆的人大跌眼镜，我也不例外。

照这个趋势发展下去，买房，对于不是富二代官二代的年轻人而言，是一件极其困难的事了。

我再来说说依靠房价获利的几个故事。

有一位同事，2013年买了坂田的房子，2015年房价涨起来以后，立刻转手，净赚两百万。她不用担心自己没地方住，因为两年前她家里给她买了两套房子。现在她已经辞职，开了家特色小吃店，生意做得风生水起。

还有一位大叔，刚过千禧年就在南山买了房子，只花了几十万，去年卖掉，卖出了六百多万……

然后是我的舅舅。我的舅舅十年前来到深圳，白手起家，和我舅妈打拼挣下来了两套房子，一套是2008年买的，一套是2012年买的，如今早已涨了不知道多少倍了。

前两天我们一起吃饭，表妹说起自己的困扰，说现在房价太吓人了，而且离家又远，十分想念父母。换作以前，我一定会不停给她打气灌鸡血的，而那天，我表示赞同了，这点令舅舅非常吃惊。

我说：舅舅，那是因为你来深圳早，有定居在这个城市的资本，该有的基本都有了，可以给孩子很好的教育。而我们不同，我们来晚了，很不凑巧地赶上了房价飞涨，如今想要留在这里，无非只有两个选择——嫁个本地佬，或者租十几年房子。前者需要缘分，如果嫁了个外省的，将来还得和父母忍受远嫁的煎熬。后者呢，一直租房的话，孩子上学以后怎么办？

我听过这样一件事，一个四十多岁的男人，在广东打工，孩子一直跟着自己在这边读书，但男人的收入水平并不高，没能在那座城市定居拥有户口，导致孩子在高考前必须回到户籍所在地参加高考。他们老家是湖北的，就是那个出“黄冈密卷”的地方，让一个接受了十几年广东教育的孩子骤然回到湖北和那里的孩子拼高考拼分数，是一件毫无优势的事情。可又能怎么办呢？最终孩子还是得回去参加高考啊，否则连大学都没得上。

还有的地方，上学这件非常普通的事，要和学位房学区房紧紧挂在一起，否则就没有学可以上。那你没有房子，你的孩子以后怎么上学？送回老家做留守儿童吗？

当一座城市的生活成本远远超出我们所能承担的范围，我们要做的，并不是大无畏地向前，而是需要理智地思考，这里究竟适不适合我，我待下去会得到什么，如果回去了要做什么。对于表妹而言，揣着二级建造师资格证，拥有五年的深圳工作经验，回到武汉，根本不愁找到一份对口的工作。

诚然，如果你在这里可以获得你想要的，比如创业、高薪、学位，等等，你可以选择留下来。但如果你学历并不突出，做着几千块钱的工作，下班了回到家也只是刷刷剧煮个面条，你能想象一下三五年后你的生活会有多大改变么？

我见过太多太多在大城市生活艰辛的人，有的没有房子，有的背着房贷，有的父母孩子留在老家，有的无休止加班，头发大把大把地掉。

这个城市有多繁华，带给我们的压力就有多大。转念一想，其实回去也并没有什么不好。况且回家并不等于缴械投降，而是换一种生活方式，继续前行。

如果能在家乡找到一份喜欢的工作，有喜欢的爱人、可爱的孩子和家人，然后花不大的力气，拥有房产和车，过得轻松自在，孩子也茁壮成长，又有何不可？

反正这城市的繁华我是见过了的，反正这远方的苟且我也尝过了，反正人生也并没有想象中的那么长，嗯嗯，那不妨转个弯，也许会有不一样的转机。

雨夜，我独自走在深南大道，这个我曾经迷醉的地方。我看着华灯繁华，心里不禁去想，深圳，还是当年那个令无数年轻人满腔热血义无反顾涌过来的地方吗？

如果家乡能给你不错的生活，也不是不可以回去。毕竟，我们没有必要一直和生活死磕。

累了，就回去吧，不一定留在大城市才是英雄。

第四章 【子弹】

我毒舌，我高傲，我是独一无二的我

你的善良，必须有点锋芒

善良本是一件值得歌颂的美德，然而，在肆意破坏、践踏美德的时候，我们或许应该去思考这样一个问题：

我的善良，是否还要继续？

而我想说的是，善良本身并没有错，依然可行，只不过，在行使这一美好品质的时候，应该记住一句话：

你的善良，必须有点锋芒。

朋友如意是个白白净净的姑娘，脾气温和，对谁都温柔一笑，语气柔柔的，加之颜值不赖，是朋友圈里有名的“大好人”。

就是因为这个头衔，如意姑娘最近碰到了一些并不太如意的事情。

如意的大学同学联系到她，说自己有个朋友要来深圳找工作，已经电话面试了，工作也十拿九稳没有什么问题了，但由于在深圳没有熟人，人生地不熟的，没有住处，希望可以去她那里落个脚，住几晚等周末找到房子了就搬走。

不擅长拒绝的如意一听，想着自己也是一个人住，多一个人住两天也不打紧，就温和地答应了。

第二天下班，饭都没来得及吃一口，如意就匆匆赶去火车站接同学的朋友。

满头大汗地赶到火车站，人是接到了，可是拖着一大堆行李，大大小小的箱子包包，堆在那里，不知道的还以为是摆地摊的。关键是，还带着一个人。

没错，过来借宿的人由一个变成了两个，作为收留人的自己，居然没有知情权，如意当场蒙了。

她本想打给同学问她为什么没有告诉自己实情，但转而一想，也许同学并不知情呢。加之人已经来了，总不能把人家搁下不管不顾吧。于是如意笑了笑，大方地介绍：

你们好，我叫如意，请问你们谁是小可？

小可，就是如意同学的朋友，在加了她微信之后，告知住址、得知火车到站的这两三天时间里，小可都没有告诉如意自己不是一个人过来，而是两个。

另一位姑娘是小可的闺蜜，两人看上去感情很好，有说有笑的。如意说：你们行李多，我们打车回去吧，你们先在这儿等一下，我去拦车。

火车站人多，如意好不容易拦到一辆出租，奔过来时，发现那俩姑娘正一人一杯奶茶喝得可开心了。

如意默不作声，低下头去帮她们把行李塞进出租，身后传来一句：哎，那个谁，你要喝奶茶不，我们再去买一杯给你吧？

如意擦了擦额上的汗，转过头来对她们说：不喝了谢谢。我叫如意，刚才介绍过了，你们以后叫我名字就可以了。上车吧！

下车时那两人都抢先下了车，站在一旁有说有笑，没有任何要表示的样子。如意无奈，只能付了出租车钱。

到了住处，放置好行李，如意去厨房煮粥，问她们要不要一起吃，两人都说不吃，不饿。在粥起锅后，出于礼貌和客气，如意再次问了问她们，两人看见香喷喷的皮蛋瘦肉粥，居然屁颠屁颠跑进厨房拿出碗筷和如意一起吃了起来。

就这样，一锅一人分量的粥，愣是被三个人这样活生生地瓜分了。如意摸了摸没有饱感的肚子，没有说话，转身进了厨房洗碗筷。

吃完饭就是洗澡时间了，如意烧好水让她们先洗，她最后洗。

女孩子洗澡是慢，可没见过这么慢的，那个叫小可的女生足足洗了一个小时，另一个女生也洗了四五十分钟。等到如意进去洗的时候，水已经凉了，她不得不再次烧热了再进去洗，弄完已经快凌晨一点了。

睡觉的时候，如意虽然心里不太舒服，但想着她们应该也就住个两三天，就算了，没有多说什么。

如意租的是一套一房一厅的小居室，也是出于礼貌，将卧室的床让给了她们，自己出来睡客厅沙发。

客厅没有蚊帐，如意半夜被蚊子咬醒，起床翻箱倒柜也没找到蚊香，只得穿着拖鞋揉着惺忪睡眼，去楼下24小时便利店买蚊香。

对于第二天精神不振方案写烂了，也是可以想象的。如意被领导骂得狗血淋头。

拖着沉重的脑袋下班回来，如意本想这晚早点休息补个眠，结果那两人在客厅看电视，嘻嘻哈哈聊到十点，然后洗澡、吹头发，折腾下来，又过了凌晨一点。

如瞪着两只黑眼圈，呆呆地望着天花板，想着她们差不多再住一晚就该搬走了，又忍了。

第三天如意下班回来，小可对她说，自己不太满意公司的工作环境，没有入职，打算再找工作，而小可的闺蜜，说自己这两天正在面试，不出几天就会有结果。

如意碍不下面子，不好意思下逐客令，就这样，那两个人就这样在她那里住了快两个星期，依旧还在找工作，没有上班的迹象。

如意的同事听完她的诉苦，怒了：重点不是没找到工作，既然是两个人，又是闺蜜，为什么不能租个房子住，赖在之前素未相识的朋友的同学这里又是几个意思！

如意无奈，说：我也不知道她们怎么想的。

同事说：让她们走，没得商量！

如意苦笑着没有接下去。

连续十天没睡好觉，如意终于忍无可忍，给同学打了个电话，但顾及人家的面子，只是委婉地说自己不太方便，让同学转告那两个女孩子，能不能出去租房住。

当晚回到家，小可脸色就不好了，直接冲如意嚷道：我们住了十天没错，你不乐意了当面说啊，我们又不是赖着不走，而且我们可以付你一半房租水电啊，这没什么啊。

如意听见这话，愣了半晌才回过神来，天哪，居然有这样奇葩的人！如意笑了，说道：我来告诉你这有什么。我独居惯了，本不喜欢被打扰，出于对同学的一句“帮个小忙”，只想帮个小忙，大忙的话，我帮不起。

据说那两个女孩子走得很不愉快，好像如意把她们赶出来似的，还在如意同学那里把如意说得很不像话。同学打电话来问如意怎么回事，怎么闹得这么不愉快。如意说：你们行行好，以后不要再让我帮这种忙了，我搞不定。

在借住如意家的这十天里，整个过程中，她们就对如意说过一声谢谢，就是如意去火车站接到她们然后帮他们往出租车上搬行李，她们象征性地说了声：谢谢啊。然后，没有买过一回菜、干过一件家务、说过一次温情的话。

如意供着两个不相干的成年人，在她那里白吃白喝白住了半个月，末了还吃力不讨好，落下个“人不好”的口碑。

后来如意把这事讲给我听，我也忍不住抱怨了，这都什么人啊，二十大几的成年人，又不是没有租房能力，就这样赖在别人那里，丝毫不考虑有没有打扰到别人，有没有给别人造成不便，还责怪别人照顾不周。话说，我凭什么要对你照顾周到啊！我一不是你监护人，二不是开旅店的，更何况你毫无感激之意，那么的理所当然，那么的肆无忌惮。说实话，我实在不明白，你怎么就那么好意思啊！

其实这种现象并不少见，总有些人，打着求助的幌子，介入别人的生活，把别人原本平静的生活搅得乌烟瘴气。而自己却相当好意思，丝毫不觉得这是一种叨扰。

更令人咂舌的是，事情到了最后，还变成了反咬一口，骂人家不仁不义不是人。

收留你还不是人，那就应该把你赶出去让你露宿街头才是人了？

我不知道这究竟是一种怎样的心态。

没有谁有义务一定要帮助你，但凡是向你伸出帮助之手拉你一把的，一定有恩于你的人。在这冷漠的社会关系中，肯帮一个毫不相干的人，这样的人不多了，这样的帮助也是弥足珍贵的，若能好好把握，好好珍惜，也不失为一场莫大的缘分。

人生之路漫长而布满荆棘，若一路都不珍惜，随意破坏上天赐予你的缘分，把对自己的帮助当作不屑一顾，随意践踏，那真的是一种自毁修行的举动。

到最后，若沦落到无人愿意与他们有交集的时刻，就成了孤家寡人，众叛亲离了，也只能送他们一句话：自毁前程。

前行之路长且远，把每一件事，每一个人，都当作是一场修行，才能在前进的时候满面春风，芳香宜人。

同样，善良的人如果感到自己的这种品质被随意践踏，或许就会使得这种美德渐渐流失。我们唯一能做的就是，让自己的善良，锋芒一些。凡事有个度，善良，也不例外。

锋芒的善良，才是对自己内心的遵从，也是对他人，最大的尊重。

世界再冷漠，请保持心温热

20岁的表弟哽咽着给我打电话，说：姐，我失恋了，她想要一台单反，我做了一个月的兼职还是买不起，她说不相信爱情了。但是我刚才看见她挽着开宝马的富二代出去开房间了，我好想把她追回来。

我不忍却又不得不告诉他，不是爱情不可信，而是你眼光太差，不是誓言不可靠，而是你没遇见好姑娘。

24岁的小同事说：我来公司两年了，工作勤勤恳恳，从不迟到，业绩数一数二，同事相处融洽，公司为何不提升我，却要从别的公司招来什么都不会的人做主管？

我平静地告诉他，亲爱的，在这个×蛋的世界里，人们永远都认为外来的和尚会敲钟，不跳槽者不得善终。

30岁的老友漫不经心地说：我来大城市奋斗八年了，八年啊，抗战都结束了我他妈还没能买得起房。没有房子，就没有老婆！

我不得不以我的地产从业经验告诉他，哥们啊，这个城市，你的工资上升速度永远追不上房价的飙升速度和高度，然而，这并不证明你是差人一等，你不也以你的奋斗换来了应有的职位和薪水，未来，不就在你眼前了吗?

35岁的亲戚两口子闹离婚，原因是男的做生意破产，追债的人整天堵在家门口，他们一家终日惶惶恐恐。她说这样的日子太糟心了，过不下去了。

我连忙劝道：既不是出轨，也不是感情破裂，只是因为生意失败带来了一些麻烦，是外界带来的，这样的婚，离了多可惜啊！欠钱，亲戚们东家挪挪西家凑凑，先对付过去，接下来，再夫妻合力，其利断金。

我们身处的世界，往往会碰到这样那样的冷漠，这些冷漠来自于四面八方，就像冷空气。你阻止不了寒流的侵袭，但你可以给自己添衣加被，驱寒保暖。

我刚来深圳那会儿，入职的第一家公司，老板自称运作出了问题，工资发不出，拖欠了三个月，刚毕业的我差点没饿死。房东恶语相向，追讨房租，再不交就连人带行李一起滚出去。男友说异地看不到未来提出分手，我坐火车连夜赶去只想得到一句当面的解释，结果他连面都不见我，我一个人在大雪皑皑的北方小火车站冻成狗，四年的爱情无疾而终。

这三件事情都发生在同一时间，我感觉这简直是把人往绝路上逼呢。生存？开玩笑呢吧，过了今日愁明日的生活要怎么过下去!

我想向公司提辞职，同事骂我，傻啊，现在提辞职你一毛钱都拿不到!

是啊，我辛苦了仨月的血汗钱哪，我人生中的第一份工资啊。当我看到我们的老板在脸书上晒新买的奢侈品，六位数的包包，看得我心直淌血。而这位每天都晒奢侈品的老板，却在公司跟我们哭穷说发不起工资，我觉得我无法再相信这个冷漠的世界了。

于是我转身去了劳动局，结果当天下午，工资就全部打到我的账上了，第二天我就辞了职。从此，我的职业生涯中再也没有“被拖欠工资”这一说。

世界，你冷漠又有什么关系？我始终会找到与你抗衡的办法。

换了新工作，有了稳定收入，我每个月1号都准时去交房租，从不延误到2号，尽管房东贴出来的告示写的是“每月1~5号请交清房租”，尽管有许多租客总是拖到十号以后等房东上门索要，再闹个十分不愉快才收场，就像我前仨月一样。

可我那时候是真没钱，工资没发，我总不能去偷去抢去卖肉吧！

所以，发了工资，生活有了起色，我再也不会把交房租这件事拖到第二天。

自从每月第一个交房租的人总是我这件事成为惯性之后，再见面时，房东就对我和颜悦色礼貌有加。

世界，你敢对我恶语一次，我就让你今后笑脸相迎，十倍奉还。

再说说爱情，那回大冬天跑去北方在火车站哭了一天，回来得了肺炎，整整半个月才好。望着镜中形容枯槁的自己，我梳起头发，去健身，去学古筝，学外语，努力工作，拼命工作。半年后，我会弹《梁祝》，弹《琵琶语》，会和老外简单交流，升了职，加了薪，朋友圈扩大再扩大。

又过了半年，遇到欣赏我的人，经过相处，这份欣赏逐渐演变成爱慕，最终以执手交换婚戒作为幸福的圆点。

世界把我抛弃了，我会咬牙站起来，打一场漂亮的翻身仗，这场翻身仗的根本就在于不放弃自己，修炼自己，直到遇到更好的命中注定。

我们常认为自己不够幸福，不够好运，甚至不够好命，尤其是在受到世界的冷漠相待时。这个时候，其实应该反问自己一句：究竟是世界不对，还是自己不对。如果是自己的问题，那没得说，改，改性格，改脾气，改习惯，改毛病。但大多数情况下，我们被来自于外界的冷漠弄得遍体鳞伤，苦不堪言。

这种冷漠，就是世界给你的。

我见过一位业内优秀的女老总，也听过她颇为著名的故事。五年前她就做了公司的品牌总监，一时间风生水起，春风得意。结果在她怀孕六个月的时候，公司同事整她，针对她，把她挤兑出局。那个时候的她，挺着大肚子，没有任何一家公司敢在那个时候要她。而她老公家里出了事，无奈卖了房子去抵债，她们从一百多平的三居室搬到三四十平的城中村，从此粗茶淡饭凉风冷月。

但她没有被打倒，依旧保持一颗积极跳动的心，关心行业，不淡出。生完孩子三个月她就进了另一家同行公司，舍不得给孩子断奶，每天背着奶包挤奶带回来给孩子喝，还要经常加班。

如今她已经是一家上市公司的副总裁，当年挤兑她的同事成了再次仰望她的那拨人，脖子伸得再长也够不着她。

有一回我们去项目开会，那个项目是他们公司主导的，开完会后大家一起去参观项目现场，她走在最前面，回过头来给我们讲着项目的规划和未来。当时有个小同事不懂事，说了句现在不是市场低迷期吗，项目不会好卖吧？

我们都捏一把冷汗，结果她和蔼地笑道：低迷只是暂时，一切都会过去，就像人生一样，有起有落，宠辱皆俱，这都是过程。我们能做的，就是在这过程中保持自己的激情和热度，把事情做到极致，切不可冷却了自己，否则，将永远也无法迎来热销期。

这段话给我的感触很深，我相信只有真正有人生阅历的人才讲得出来。后来，项目是经历了半年的低迷，但大家都坚持着，在她的带领下，终于熬到云开见月明，热销大卖，钵满盘盈。

有句老话是怎么讲的，你拿什么面对生活，生活就给你什么回报。

这个世界，适者生存，适者无敌。什么是适者？适者就是强者，强者是不会在风吹雨打中倒下的人，是不会被外界浇灭心头热火的人。强者，就是我们要成为的那拨人。

真正的强者，不一定是经济实力上的强者，更多的，是心灵，是心性的强悍，这样的人，才能在漫漫人生旅途上坚守初心，活得开心，与幸福永结同心。

亲爱的，无论你曾经或当下正遭受着什么，无论世界给你怎样的冷漠，请保持一颗温热的心，用它来对抗风雨，披荆斩棘，最终所向披靡！

不曾参与的过往，拿什么来抵抗风雪？

1

我有个开公司的朋友，前段时间遇见个奇葩的事情，独自经营了七八年的公司，被家里一个亲戚盯上，软磨硬泡想要入股他的公司。他为此愁眉不展。

我说：这是好事呀，投钱给你还不开心啊？

他说：什么投钱，我告诉过他我现在经营正常，不缺钱，他非要加入，说是所有亲戚都知道我现在开公司挣了不少钱，说我现在混得这么好应该带着他们也挣挣钱发发财，这是什么逻辑?!

我一听，忙细问，这才知道，原来朋友最初成立公司的时候相当困难，当时碰到个棘手的地产项目，向这位学建筑专业的亲戚求助过，亲戚指导过他，但也就是提了一些意见而已，朋友再想让他出手帮忙，就被“我最近很忙没空”这样的理由拒绝了。

朋友熬了几个通宵赶项目，累得日夜颠倒，这才将项目保了下来，之后项目越来越多，公司的经营也逐步上了正轨。我曾经因为工作原因采访过他，知道他这七八年打拼得十分不易，起早贪黑摸爬打滚，三十来岁的年纪，头发就白了一半。如今挣钱了，却被人用“我曾经帮过你和你的公司所以你现在得照顾我一同发财”这样奇葩的理由来瓜分自己的劳动成果，不答应还被指责说他自私，混得这么成功也不帮帮亲戚，一时间七大姑八大姨纷纷倒戈，弄得他过年也不敢回老家了。

2

还有一位朋友，毕业后没多久就结婚了，他想买套房子，但手头并没有那么宽裕，还差点钱凑首付，于是向亲戚借钱，有位亲戚借给他两万元，不到三个月就催他还，说是自己的第二套房要装修，还让朋友支付借款利息给他，弄得好像他是银行一样。朋友那时手头还比较紧，只能卖掉了自己的车，把钱还了。

后来时来运转，朋友接连升职，收入大增，投资开了一家饮食店，生意非常好，前两年房价没涨起来的时候在深圳买了套别墅。这下子，他在老家就出名了，高职位，高收入，当老板，住别墅，被唱得跟《三字经》似的。没多久就接到了那位曾经借钱给他的亲戚的电话，说自己的儿子要去深圳工作了，但深圳的房价现在太高了，所以让他分一间房间给儿子，以后就住在那儿了，因为自己曾借钱给朋友买房，所以朋友的房产，亲戚也有份。

朋友被这个奇葩的理由惊呆了，好半天才反应过来，然后说：不可能。

亲戚就急了，你怎么能这么忘恩负义啊!？你当年买房子可是我借你的钱啊！？你现在都买别墅了那么多房间随便分一间给我儿子都不行吗！

朋友淡定地说：对，不行。首先，我的房子持有人是我，我有权这样决定。其次，我当时是向你借钱，并不是和你合伙投资房产。第三，借的钱我三个月就还了，还付了利息，所以我并不欠你的。

后来，家里就传开了这件事，当然啦，他在亲戚的口中成了一个混得成功但却不懂得和亲人分享的人，是个薄情寡义之徒。朋友撇撇嘴，十分坦然：我的这一切都是我自己挣来的，我觉得我没必要与人分享啊。

我欣赏后面这位朋友的处事风格，他很有原则，很清楚自己的成功不是拿来和人分享的，快刀斩乱麻，干得漂亮。

3

我有一位前同事，是我们公司最勤奋最努力的人没有之一。勤奋到什么程度？最早一个到，最晚一个走，几乎放弃了周末和节假日，没日没夜做项目，公司单独给他配了把钥匙。努力到什么程度？公司有业绩考核指标，分给每个人是二十万的目标，一个月后，别的人只完成十几万，他能完成三十万。

这样的好员工，舍他其谁。年底表彰大会，他得了一大笔丰厚的奖金，同事嚷着让他发红包，他拒绝了。年中晋升考核，他升职做了经理，又一帮同事叫着让他去豪华酒店大摆宴席，他还是拒绝。

久而久之，他成了大家口口相传的铁公鸡，一毛不拔。我却十分理解他。曾经有一年国庆，项目组的同事旅游的旅游，回家的回家，都不愿意留下来加班。他一看，默默地退掉了回家的车票留了下来。因为当时他买票是我用我的账号帮他抢的，我们都是湖北的，可以坐同一趟车。得知他要退票的时候我很不解，他淡然一笑，说总得有人留下来，而且国庆期间的业绩都是翻倍的，这样好的机会可不能浪费了。

我听了有些心酸，心想着他这么努力，一定会有丰厚的回报的。所以，当他以自己的铮铮铁骨和昂扬斗志换来了升职，换来了奖金，他为什么要分享出来？他完全可以拒绝啊！

我们身边常常会遇到这样的人，你升职了，跟他半点关系都没有，他却嚷着要你请客发红包，呼声大作。你问他借过钱，后来你买大房子了，就被要求分一间房子给他住，不给住就是忘恩负义没有良心。你挣钱了，他曾出了点力，却道德绑架要求你带他一同发财，不答应就是你自私自利吃独食。

4

我十分搞不懂，这都是什么逻辑和习惯？倚仗别人的成功，来填补自己的失意坑沼，还十分有理，好像自己就该被盛情款待一样，凭啥啊！你是我爹还是我娘啊，我该拿出我自己挣来东西孝敬你？我在辛苦拼命的时候你在安逸度日，你并没有参与我的奋斗，却要分享我的奋斗成果，你咋不上天，咋不成仙呢!?

就好像许多奇葩的择偶条件，要求男方一定要有房有车有钱，请问这些东西是你和人家男孩儿一起奋斗挣来的吗？不是那你为什么要去指手画脚，姑娘请自重啊，人家的房子车子票子和你半毛钱关系都没有啊！

我也是一个女同胞，但我每次听到身边的这些奇形怪状的择夫条件，都觉得挺可笑的，首先，如果你自己本身就是一个自食其力的姑娘，那你不大可能提出这样的要求，因为你完全有底气和你未来的夫婿一同去挣。其次，你如果很有能力，那你可能已经有房有车有钱了，如果你是想找一个和你能力相当的男人那也无可厚非，可是如果不是这个原因，那就证明你并没有以上那些物质条件，只不过想捡现成的，可是人家凭什么给你啊？

我们看到太多太多的分手案例都是因为男方没有经济条件，但现在没有并不代表以后没有啊，你若没参与人家的奋斗，那如果日后人家奋斗成功了，关你什么事呢？

我嫁给我家先生的时候他也是一无所有，因为才毕业两年。没多久我们靠自己买了房子，一起供房，自食其力。我相信我们的未来会有无限种可能，因为我们是在共同书写一部奋斗史，每一页都有我们共同的汗水和勤劳。

好的情谊来自同甘共苦，无论亲情友情爱情。共苦在前，同甘在后，没有陪人家吃过苦，凭什么要人家分一颗糖给你？不曾参与的过往，拿什么来抵抗风雪！换句话说，人家成功了，关你什么事？

你年轻，但不要气盛

细数我们先前犯下的过错，大多都是因为年轻气盛。没错，年轻气盛，好像年轻就一定要气盛似的，其实不然。年轻，还可以谦卑，可以温和，可以不那么意气使然。

讲几个因为气盛而犯下后悔莫及的过错的故事，过一个温暖安谧的冬。

1. 工作上的气盛是幼稚

我工作的时候遇到一个男孩子，名校毕业，聪明能干，动手能力很强，没错，这里的动手，指的是动手打人。

其实要说优点，他绝对是可以用“一箩筐”来形容的——公司演讲比赛冠军，进步最快的员工，还连创几次业绩NO.1，颇受大领导的注目和同事们的羡慕。

而他却有一个显著的缺点，就是气焰太盛。讨论会上碰到和自己观点不一致的状况，不等别人说完就站起来反驳，弄得别人十分尴尬。碰到指责他工作的领导，从不低头也不认错，反而吼得比领导还大声，甚至还拍桌子砸凳子。

起初大家都觉得是不是优秀之人必有气盛之处，就总是让着他，但久而久之，尤其是在被他的气盛伤害之后，大家对他的优秀报以怀疑的态度，有些同事更因为受不了他而开始疏远他冷落他。

他并不以为然，还以为这是自己的独特之处，没事儿就发朋友圈，一下子称自己是有傲骨的人，一下子又说年轻就是要张扬地活着，个性签名换成“圈子不同，不必强融”。

他在工作了两年之后，眼看就要获得晋升机会，却因为和经理发生了一次冲突而动手打了经理，事儿闹得有点大，最后被公司开除了。

我当时的那个行业有个非常特别的地方——就业面比较小，只适合于同行之间来回走动，其他行业并不适用。他因为打了领导在业内落下个不太好的名声，想再进同行，已十分困难。

所以找了一个月的工作都无果的他，最终只有去其他行业从零做起，两年的工作经验就这样废掉了，实在令人可惜。

这就是在职场年轻气盛的下场，这就是为自己的气盛而埋单的现实。你犯下什么样的过错，就当以什么样的下场来弥补这番过错。

我想说，年轻，是可以彰显个性，但不可胆大妄为，肆意挥霍你的资本，不然下场会很惨。

正因为年轻，你必须要学会谦卑，学会低头，成大事之人都能屈能伸，你既然如此气盛，想必也是心高气傲之人，心高的人往往想成为大人物，但世界就是这么讽刺，心高的人往往下场不好，成不了大事。而那些大人物，往往却是以吞下委屈与羞辱来喂大自己格局的人，这样的人，心比天高，身为实践，终成大事。

2. 永远不要和自己的家人赌气

这个世界你永远不可以和一种人赌气，那就是你的家人，不然会后悔莫及。

看到一则报道，一个女孩子，17岁那年仅仅因为和父母吵了一架，就为父母指着她说了句“我生你养你17年你这没良心的”而负气，辍学离家出走，身上没钱，睡公园，睡长凳，被打被欺负，遍体鳞伤。后来，她被人扔到大卡车里带去不知名的村落，和瘸腿的老男人结婚生子，被监禁，不得离家半步。

直到十年后她逮着机会逃了出来，千方百计地找到回家的路回到了父母的家中，却发现大门紧锁，满是灰尘，而父母已经不知去向。后来终于联系到一位亲戚，才得知，十年前，因为她的离家出走，父母一夜白发，辞去工作万水千山地去找她，变卖所有家当，风餐露宿，食不果腹，终于在两年前，母亲因病去世，父亲从此神志不清，在一年前过马路时出了交通事故，抢救无效去世。

她跪地哀号，为自己年少时期的冲动后悔不已，一个美满的家庭就这样被自己拆散，双亲亡故，而自己的命运也被折腾得千疮百孔，不堪回首。

所以，和家人赌气，这种气盛带来的结果，是不可弥补的。

3. 爱情要温顺，才能长久

我想我们大多数人年轻时候的爱情尤其是初恋大多是无疾而终的，

这里面有很多原因，变故，异地，误会……有很多是因为年少气盛，负气而终。

王先生和乐小姐年少的时候一见钟情，恋爱谈得轰轰烈烈惊天动地的，王先生为乐小姐深夜堆雪人只为哄她第二天一早出宿舍就能看到的惊喜，乐小姐为王先生缝十字绣刺穿手指数次完成了一幅清明上河图般的绣品。

本是挺好的深爱的两个人，却因为性格都太冲，经常会吵得面红耳赤无法无天。

后来乐小姐因为王先生一句有口无心的话赌气说了分手，王先生虽然不愿意，但因为所谓的自尊，也没有再和乐小姐联系，好好的一份爱情，就这样被搁浅了，王先生日渐消瘦，乐小姐茶饭不思，我们看不下去了，约他们两个出来把话摊开了说，两人最后说开了，解除了误会。

见过许多走入婚姻的夫妻，有的过得和和美美，日子温顺和美。也有的整天恶语相向，闹得鸡飞狗跳苦大仇深。有人说婚姻分为两种缘，一种是善缘，就是温顺的婚姻；另一种则是恶缘，在一起好像是为了报复对方似的，往死里嗑，往死里整。

可是亲爱的，我们在一起不是为了恶报呀，是为了更加美好的生活不是吗。

其实大多数的争吵是因为脾气，脾气也是一种气焰，也是因为你不肯低头，不肯对最亲最爱的人温柔相向。

所有凌人的气焰都可以变成柔和的微光，成为冬夜里一盏亮起的灯光，温暖小小世界。只要你愿意，年轻人，改掉你那气盛的臭毛病，就能多收获人间的几分温暖和善意，而你也会发现，世界，将大不一样。

别做低质量朋友圈的主人

在我看来，一个人，可以不穿名牌，不开豪车，不住豪宅，这并没有什么，但别做低质量朋友圈的代言人。

1. 不要过分消耗你的朋友圈

我是做新媒体工作的，平时经常会搜搜热点和案例，刷刷朋友圈新鲜动态，但最近真的刷到一个令人忍无可忍的人。

这人自称“诗人”，然而写的东西令人不敢恭维，全是缘分啊美啊一生一世啊这样的字眼，要意象没意象，要灵性没灵性，就好比一个女人，要身材没身材，要长相没长相，丑女就算了，她还要满世界嚷嚷自己是个美女。

我很少在朋友圈屏蔽人的，但好脾气注定带来许多灾难，其中，容忍傻帽就是最大的灾难。

这位自称诗人的人，起了个笔名叫“青儿”，于是她朋友圈所有语句的开头都是“青儿”。

“青儿今天心情很好，吃甜筒会更开心，生活要有品位一点。”配图是肯×基三元一个的甜筒，背景还是肯×基大门口。

“青儿和同样喜欢文学的刘哥聊了一上午，对文学发表了很多独特见解。”配图是互相夸对方写得好之类的聊天记录，压根儿没有所谓的文学见解。

“给青儿转账五十元，可得到青儿签名照片五张。”配图是九张颜值堪比居委会大妈的照片，背景是公交车上。

“青儿今天打了快车，师傅说小姑娘真可爱，要请青儿吃饭。”配图是一张像素极低的秃顶开车师傅的背影。

青儿青儿青儿，你咋不叫素贞呢！

最忍无可忍的是这姐们开了一个公众号，我的天，每天都无休止地发连发几十条公众号二维码到朋友圈，并且还发支付宝账号，说公众号还没开通赞赏功能，可直接打赏到支付宝。这样无耻到毫无自知之明的地步，也是醉了。

还有致命的一点是，每条朋友圈，自己必点赞。恕我浅薄，我实在弄不明白自己给自己点赞的人到底是什么心态。

自媒体的发达令发布内容和次数不受限制，这就造就了一批低质量朋友圈的主人。这群人，丝毫不觉得自己肤浅，也没有自知之明，最关键的一点就是，眼界实在太窄，喝了杯柠檬水就以为到了米其林，坐了街边的旋转木马就以为到了迪士尼，写了几句狗屁不通的句子就以为自己才华盖世。

殊不知，自己简直就是低质量内容的制造机器啊！何为低质量的内容？重复发布信息就是最大的“低质量”！就是因为朋友圈不限制发布条数，所以这类人几乎可以24小时便利店式地亮灯发布，兜售同一种商品。

只想说，切莫以不受限制的“宽容”，来过分消耗你的朋友圈，因为你消耗的不仅是别人，更是你自己的形象。

有人说，看一个人的社交账号，就能大致判断出这个人的品位。虽没那么绝对，但也八九不离十了，而其中很关键的一点就是，低质量的人，除了眼界太窄，还跟不上时代，不能与时俱进，是个思想上的巨婴。

早些年，微博刚兴起的时候，大家都觉得新颖而有趣，什么内容都转。过了一段时间后，当年那些“晚安心语”“早安句子”，转发量大大降低，人们开始关注热点，关注段子，关注原创。

微信同样。公众号刚兴起的时候，很多乌烟瘴气的文章都能在朋友圈疯转，然而到了现在，能让人转发的文章不仅越来越少，文章的质量也提高了不少。

时间不断向前，质量不断拔高，这才是许多正常事情的写照。但也有很多人，停留在“史前阶段”，拿毫无眼界的东西喧哗过市，一看就是个脱离不了低级趣味的人。

以上这类人，是低级得显而易见的人，但还有这么一伙人，是以装高级为信仰活在朋友圈的。

2. 反蚀一把米的人

有的人，成天在朋友圈晒书单，晒书照片，配文永远是“书名+很好看！”

有一天，朋友和我说，她的朋友圈里有个妹子天天晒书，那天晒的书刚好是朋友看过的，朋友于是来了兴趣，便和她聊了聊，结果发现她根本没看过那本书，不仅这本书，她晒过得好几本书，都没看过。

她和朋友解释说：很多书都只看了一半，还没看完，看完再和朋友讨论。

这也太讽刺了吧，没看过你晒个什么劲啊！没看过你说什么好看啊！自称看过书，不过是和书合了个影吧？So，书好看还是你好看？

压根儿就不喜欢看书，就不要天天晒书，硬是往自己脸上贴书。

没有人会因为你不喜欢看书而鄙视你，但会因为你装得太猛而对你嗤之以鼻。这一点我深以为然，我身边的很多朋友也遇到过类似的事情，朋友圈里那些天天晒书晒心得的，通常压根没看过书，看到他们，就像在看一个冷笑话。

这种人，往往是装，使劲装，就像一个买不起名牌的人弄个假货出来招摇过市，这不是低质量的显摆是什么。

3. 公布计划成瘾的小丑

还有这么一种人，极度喜欢公布自己的“下一步”。

和老同学吃了个饭，公布下一步：“老同学多年没见已经有自己的产业园了，接下来要聊聊合作共赢了！”

参加行业宴会，和某个大佬握了个手，公布下一步：“和×××先生见面，准备谈项目合伙了。”

去一趟其他城市而已，公布下一步：“去这里感受颇深，接下来会写×城作品。”

我加了很多书写得好文章写得好的作者，其中不乏畅销书作家、专栏作家。我从未见过他们过多地公布自己的写作计划写作心得什么的，不会吹嘘自己有多牛×，更不会无休止地发自己的作品到朋友圈，哗众取宠。

一个人越有底蕴，往往越是深藏不露。那些吵吵嚷嚷的，还没做就昭告天下的人，做不成什么事的。

见过哪个老板没事会四处公布自己的生意动向吗？小丑才会，跳梁的那种。

一个人，有多沉得住气，才会有多大的天地。

4. “负”可敌国，闹够了没有？

要说以上都是“正面”的低质量朋友圈主人，那么，还有一种人，就是“负面”的，这拨人，闹起来简直“负”可敌国。

他们极度喜欢发负面情绪，抱怨工作抱怨社会，从他那里，你看到人生是有多么惨白，生活是有多么欺骗，社会是有多么不公，其实都是他自个儿的问题。

一个人怎么看待问题，往往是由他的意识和价值观决定的。那么这类负面的人，意识是负面的，价值观也是扭曲的，他们的生活没有阳光，因为他们不相信这个世界有太阳。

你永远也无法叫醒一个以为全世界都是黑夜的盲人。

看这些人的朋友圈，你丝毫得不到什么正面的东西，搞不好还会被反噬，弄得对这个世界充满敌意。

末了，再说一点，这些低质量朋友圈的主人，往往还喜欢群发两种消息，一种是——“亲，帮忙给我朋友圈第一条消息点个赞!”另一种是测试你有没有拉黑删除自己——“群发这条消息，看看谁需要通过好友验证，就可以清理掉这些尸体了。”

所以，看看身边，你知道哪些是低质量朋友圈的主人了吗?

天寒地冻，小心火烛

这个世界，总有些费尽心机的自作聪明之人。他们打着情感的幌子，煞费苦心地寻找着猎物。

但人都是有心眼的，哪那么好骗的。

只想说：天寒地冻，小心火烛。

1. 故事很生动，可惜手法很拙劣

有个大学的校友，比我小一届，交情不深，毕业后各奔东西想不出会有什么理由再联系。她不知何时加了我的微信，寒暄了几句。

过了几天，她自告奋勇地讲自己的婚姻，没错，是自告奋勇，因为我并没有问她。她讲自己找了个好老公，年纪轻轻就开了公司，经济条件殷实，公婆收入高，给他们买房又买车。

总之就是我整个人都幸福得不得了不得了的意思，噼里啪啦说了半天我才发现我竟然一个字都没回她。哦，这太不礼貌了。

所以我礼貌性地回了她，说真好啊，这么幸福。

然后她就开始追问我的隐私，问我在深圳买房了没有，收入如何等等，末了，还补上一句：我都告诉你啦，你也和我聊聊你的呗。

这令我有些不适，我并不想以我的隐私来交换你的，一是因为我对你的不感兴趣，二是我向来不喜人过问自己的隐私，尤其是不熟悉的人。

我没有回她。

又过了一段时间，我在朋友圈里说自己在写故事，大伙儿有什么素材的欢迎提供。

她又冒了出来，说我给你讲讲吧。

我心想，你不是都讲了么。于是没有回她。

她又自顾自地噼里啪啦讲了一通，前面几段是讲自己刚出校门时找工作碰壁的各种辛酸，以及她不屈不挠地学习复习，后来终于考上了当地的公务员。

我喜欢艰苦奋斗的故事，所以继续看了下去。

然后她讲她的婚姻，说自己娘家欠了外债五十万，她结婚后一方面存钱接济父母，另一方面，拿着公婆给她的彩礼二十万，开始大胆地炒股。

她说她豁出去了，为了能帮父母还钱，她什么都愿意做。

然后她说炒股两年，挣了六十万，给父母还了钱，另一部分放在股市里，继续生金。

我的第一反应是，真是个孝顺的好女儿啊！哪知后来，剧情严重发生扭转，我也是醉了。

她说她现在是圈子里小有名气的炒股高手，好多亲朋好友都找她求经呢。她还建了个炒股高手群，里面有位更厉害的高手，群里就几个人，她不想加太多人。

她说：姐，你这么好，要不我把你加进群吧。

我立刻警觉起来，回翻了和她的聊天记录。

这故事开讲的第一条消息其实就有破绽。她自我介绍她是哪里人，在哪所学校读书，读的是什么专业，等等。没错，是向我介绍她自己。

我明明是和你一个学校的啊，你怎么会和我介绍你的大学和专业?!

呵呵，只有一个可能：这消息压根儿就是复制粘贴的，不知发给过多少人。

再往后，她虽是讲自己早年工作的辛酸，讲自己如何孝敬父母，但后来对于炒股赚钱的描摹未免就有些过于浓墨重彩了。

到最后竟然要我加入他们，这不是扯淡么!

从头至尾我都没有表现出我想炒股或者我想赚钱的意思，她咋就这么善解人意呢?

而且说好的给我提供素材呢？我又不是写股市的，要你的炒股经验打鬼啊?

自始至终，原来她都在给我下套呢。首先是讲她生活条件好，想让我产生羡慕，后面又讲辛酸的奋斗以博取我的好感，然后是娘家欠债让我对她的遭遇产生怜悯，继而是她逆袭了，成功了，令我敬佩跪拜。

呵呵，差一点老娘就上当了呢。

编了这么个生动的故事，只可惜讲得不好，手法太拙劣。

真是有劳您了啊，如此煞费苦心。

2. 无事献殷勤，其中必有诈

我妈有位退休的老同事，之前关系一般，后来那阿姨经常来我家串门儿，没事就约我妈去广场转悠，弄得跟老闺蜜似的。

我妈跳完广场舞回来，喜滋滋地说哎呀那王阿姨人真好啊，连跳广场舞的份子钱都帮我凑了，她说她儿子在外面挣大钱呢！

我爸一边看报纸，一边冷冷地说：就几块钱的份子钱，和她儿子挣大钱毫无关系吧。

我妈不依，说我爸没有闺蜜。

我爸说：哟，多大年纪了，还信这呢，你年轻的时候咋没见她和你好呢，难不成年纪大了她儿子有钱了她还巴着你啊！

还别说，那王阿姨还真的就跟巴结似的，待我妈好得不得了，搞得好像我妈的孩子在外面挣大钱似的。

只可惜啊她那不孝女死孩子也就是我，至今仍在外打工挣点小钱。

所以说啊，没理由啊，非富非贵的，人家究竟看上她什么了？

直到过年回家，听我爸说，我妈差点被人骗走养老的钱。

我一听差点吓尿，当时我还没出嫁呢，你把我嫁妆给搞没了那我回头咋搞啊！

我爸连忙说：是差点儿骗走，差点儿，没得逞。

原来，那王阿姨在获取我妈的信任和情谊后，跟我妈夸下海口，说自己老了衣食无忧，还有一大笔收入，完全可以不靠儿子。

在我妈的再三询问之下，王阿姨才告诉她，说自己买了一份理财产品，收益颇丰，然后就以专业的理财销售说词给我妈讲了一系列的好处。

就在我妈犹豫之时，我爸及时出现，说王姐您原来是卖保险的啊！

王阿姨一听花容失色，怒道：瞎说什么呢！什么卖保险，这是理财产品，不是保险！

我爸点点头，懂了，您是卖理财产品的。

事情过后，我妈还埋怨我爸不该那么直言的，把关系给搞僵了。

我爸说：关系？你当她真的把你当好朋友啊？只不过是为了推销那狗屁亏钱的产品，给你下套呢！

又是一个煞费苦心的人。

我们母女遇到的人总是惊人的相似。

我并不排斥他们的职业，也并不质疑他们的那些产品。每个行业都有自己的生存法则。

但你不能骗取我的感情啊，不能绕那么大个弯子如此煞费苦心来给我下套啊！

这种上你当的感觉并不好受，尤其是在得知你打着情感的幌子。

情谊无价，熟人的生意并不好做，还是省省心吧！

况且，人没那么好骗。

天寒地冻，小心火烛。

好自为之吧。

苟且与远方和诗无关

你信不信，不管你在不在远方、有没有诗，都不妨碍你苟且。这是我生而为人说得比较恶毒的一句话了。

说出这句话我很无奈，因为我觉得再不说，我的这位朋友就完蛋了。

朋友姓冯，姑且叫他二马吧。二马也算是堂堂正正的本科毕业，不说有没有才华先，学历总归是有的，至少，在深圳这样一个不问英雄出处的地方，是可以找到一份体面的工作，过着正经的朝九晚六的生活的。

可是本该顺理成章的事情忽然发生了偏移，他辞掉第七份工作之后不再求职，每天叼着烟头穿着大裤衩，要么就是提着酒瓶子招摇过市。

一开始我只是看到他连发的几个朋友圈状态，没在意，以为这小子玩文艺呢，直到不久前他忽然给我发了几条微信，找我借钱，我才觉得事情没那么简单。我说，你先死出来让我确定是真人。

果然和预想中的差不多，黑眼圈，一身烟味，不修边幅，吊儿郎当，二马的样子，简直快要和流浪汉差不多了。

我们在购物公园的一家烤鱼店面对面坐着，二马的穿着与四周显得格格不入，引来周围很多人投来鄙夷的目光。

这怪不得别人，换我我也觉得奇怪：这人到底是过得有多狼狈，才会这样！

我把这句话直接抛出来甩到他面前，不给他寒暄的余地。

没办法啊，生活不止眼前的苟且，还有远方的苟且和诗意的苟且。二马是学文科的，说起话来也不忘加点文艺的骚骨。

所以你是哪一种苟且？我问。

你看啊，我一东北大汉，跑来深圳这旮旯，够远了吧，这是远方的苟且。而诗人都是落魄的。然后，你知道我现在在做什么吗？

鬼知道，不至于乞讨去了吧！我没好话。

哪能啊！我在体验生活呢。人生没有贵贱之分对吧，那我为什么要过那种“端着”的生活呢？

所以你现在做什么？

摆地摊。他嘿嘿嘿地笑着。

卖啥？

手机壳手机贴膜啥的，在红岭那边的天桥上。二马抓了抓头发。

我一时间不知道该说什么。二马，是我第一份工作认识的，还带过我，我之前一直都叫他“冯哥”。他人好，没什么坏心眼，知道什么都教给我，带我见客户，教我做报表，所以这么多年了，工作虽换过几次了，但我和他依然保持着联系。

照理说，在深圳混了五六年，且不说是否能混到房子车子高职位高薪，但工作是不愁找到的。二马这些年换了七份工作，一份比一份做得差，自己也做得越来越没有耐心，所幸惶惶度日，不求善终了。

说实话，我挺为他不平的。

你为什么不再去找份工作呢？我问。

工作也没意思啊，一样是苟且。

我注意到他一直在用“苟且”这个词。我没记错的话，这句“生活不只眼前的苟且，还有诗和远方”是高晓松在很多年前说的，最近又被许巍唱火了，很多人纷纷打着“苟且”的幌子，将自己不如意的生活放大，给自己的不争气不努力一个台阶下。

换句话说，苟不苟且，与远方和诗，真的没有必然的关系。即使你的眼前没有诗和远方的田野，你在苟且。而你选择了诗和远方，或许也不会脱离苟且。

我想起父母的一个同事来。姑且叫他“老高”。

老高本来有着体制内稳定的工作，但他总觉得自己不适合这里，生活不该这么过。于是在三十岁那年就辞职了。

不要以为他辞职了就跑去经商了下海了创业了追求梦想了，No，并没有，他只是换了种方式，继续苟且。

辞职后他做什么去了呢？呵呵，他在小区里开了家麻将馆，屋子里成天乌烟瘴气，那里也是是非的多发地。多少夫妻的战争都是从那里爆发的。要知道，在中国，麻将确实是毁坏婚姻的一道“良药”。

这还没完，老高的孩子，每天在那样的环境下成长，终于成了一个年满20岁还不愿意出去挣钱成天就在家守着麻将摊子的中专毕业生，哪桌缺人了他就补上去，年纪轻轻，脸上丝毫看不到斗志与激情，昼伏夜也伏，胖得像只水桶。

看不下去的伯伯们纷纷批评老高，说你这样是把你儿子给毁了，趁早关了麻将馆！

老高不以为然，说好活歹活，还不是这么活，他多读点书多去外面的世界闯了闯又能怎样呢，一样是生老病死混口饭吃。

富兰克林说："有些人25岁就死了，但是要75岁才被埋葬。"还真不假。没有激情和斗志的二十来岁，和行尸走肉有什么分别？

这样的人觉得人生的意义就是苟且，不愿意去奋斗，不愿意去打拼，浑浑噩噩地度日，而更可怕的是，他们的这种价值观正深深地影响着下一代，还理所当然地认为这样子没什么不好。如此几十年过去，我不知道他们到老是否还是这样想。

有人说，我家境不好，我出生在农村，想要改变自己的命运，实在太难了。你听没听过一首诗，写得很美：

比风更容易拐弯的是人的命运。

是啊，我不知道风往哪个方向吹，我只知道，命运拐了个弯就会发生变轨，前提是，你必须保证自己有一颗向上的心，斗志昂扬地前进，这一点，比什么都重要。

我把老高的故事告诉了二马，我说二马，你如果不希望自己的孩子以后也跟你一样站在天桥上摆地摊，就请你收起苟活的心态，哪怕做回朝九晚六的上班族，至少也是一条敢闯肯拼的好汉，浑身充满正能量。

别再想那些有的没的情绪，也别恣意渲染自己的颓废，人生高低起伏，不定哪天就起来了，也不定哪天就跌下去一落千丈，再也爬不起来。

趁着还有一副硬朗的骨头，还有一颗未死绝的心，努力一把。深圳的地铁7号线正在修建，我每天上班都从那里经过，施工的围挡上有句话我非常喜欢：

但行好事，莫问前程。

这里的"好事"，不仅是把自己的人生过好，更是为旁人、为下一代，活出一个好的榜样。

不让父母出面，就是最好的孝敬!

离开地产行业后，我去到家居行业，供职于一个在全国拥有十几家大型家居连锁商场的集团公司。商场每逢节假日都会做优惠促销活动，而无论是地产还是家居，这两个行业给我的最大感触就是——礼品党真多!

何谓礼品党？顾名思义，就是以领礼品为目的奔赴于各大活动现场，不惜排队，不惜哄抢，不惜面红耳赤，只为弄到那份小之又小的所谓礼品。

其实这类礼品都是属于类似“签到即送”的档次，无非就是一些小抱枕啊，小充电宝啊，小瓶油啊小袋米啊什么的，是商场为了吸引人气而送出的，价格在几十元左右。

也就是这小小的礼品，吸引来的往往不是顾客，而是一堆年迈的大叔大妈。

2

先说其中一个事。今年“五一”期间，我们弄了一场大活动，并联合一些小区做了业主团购。我们不是卖家居的么，这些业主总要装修房子吧，总要添置、换置家具吧，嗯，所以他们都是我们的目标客户呀。我们派去了几辆大巴车，专程接送这些业主往返于我们商场。

那天上午十一点，大巴车抵达我们总店门口，我拎着单反守候在那里准备拍照，车门打开的一刹那我的快门一下也没停过，“咔嚓咔嚓”，我的镜头里捕捉到的是一群蜂拥而下的大叔大妈，他们提着大大的购物编织袋，成群结队，迅速占领了我们设置在商场大门口的签到处，一条队伍排得老长，十分热闹。

签到处忙得不可开交，因为要详细登记业主的小区、房号和联系方式。那天我们准备了三种礼品券，有泰国香米、青花瓷套件和安睡抱枕，由于之前报名的业主大概是50户，所以每种礼品我们都准备了60张礼品券，是完全够用的。结果发到后面，券快发完了，还有十几人在排队。无奈，我们就只能每位客户发两种礼品券，这样才能保证后面的人都能有券。

结果有大叔大妈就不乐意了，一位大叔说：你们在邀约我们的时候，说好了一共有三种礼品，我们才会来的，我告诉你们，今天要是少一样礼品，我们都是不依的，必须给足了！

一席话说得我们目瞪口呆。坦白来说，天下没有免费的午餐，我们是家居卖场，做活动也是针对有购置家居需求的顾客，虽然有礼品送，但也不至于你来就是为了领礼品吧！况且，这些小区都算中档小区，这些大叔大妈的子女在深圳都是中产阶级，年收入都是六位数七位数的，否则也买不起这样的房子来住，既然如此，难道真的会缺这一两个几十块钱的小礼品吗？

我们费解不已，他们不依不饶，最后，只得协调商户那边赞助一些礼品出来给到他们，才肯罢休。望着年迈的大叔大妈驮着肩上圆圆鼓鼓的购物袋蹒跚地行走，那里面塞着那“一个也不能少的”三份礼品，我忽然有些心酸。

3

与此同时，另一件更悲哀的事情正在发生。

我前面有说，明明只邀约到50名客户，为何60张礼品券还不够用呢？答案很简单——有人浑水摸鱼，冒充业主领奖。

这件事被我们的一位负责签到的同事发现了，因为在仔细询问小区地址及房号的时候，一位中年大妈压根答不上来。同事说：阿姨，您不是这个小区的吧？

结果就这一句话，这大妈居然怒了。她拔高嗓音，怒吼道：我不是这个小区的你们也得给我一个礼品！我都排了半个小时了！

同事说：不好意思，我们这些礼品是为这次小区团购活动专门准备的。

然后那大妈就开始了长达二十分钟的怒骂，连脏话都骂出来了，还说要告我们。我们那位同事原本还冷静地和她解说，结果被她骂了娘，心里不快，顶了一句：你跟我娘一般大，这样骂人不太好吧！

大妈吼：要是你娘今天站在这里，你肯定不会不给礼品吧！

同事也被骂毛了，说：要是我妈，我绝不会让她来这里冒充礼品党！

礼品党，本来就是一个挺敏感的字眼了，结果还是一冒充的，听着一般多多少少会有些不好意思。可这大妈丝毫没有，依然在那里闹着叫着，破口大骂。

就在这个时候，奇葩的一幕发生了，站在一旁静观了近二十分钟都没有讲话被我们以为是围观群众之一的一名年轻女子突然发话了，她指着我那名同事说：你，向我妈道歉。

在场所有人再次目瞪口呆。

原来你是她女儿啊，你是女儿你怎么不劝劝你妈啊！

你是女儿你怎么舍得让你妈当着你的面冒充礼品党啊！

你是女儿你怎么能如此淡定地看着你妈在这里闹了近二十分钟还袖手旁观啊！

顿时一万头羊驼在心中狂奔。

同事说：我又没做错什么，为什么要道歉？

那女儿说：不道歉，我妈这么大年纪了，在这里被你们气出什么问题来了你们赔偿得起吗?!

我勒个去，真是青出于蓝而胜于蓝啊……旁边一名小同事小声说道。

这时候，我们客服经理赶来了，给大妈赔了礼，并从仓库调配了两份留给下档活动的礼品给她，这才把事儿给平息。

大妈临走时还不忘回头再骂上一句：心眼太坏了！

我们那位同事没有作声，满脸委屈。我猜她一定在想，我真的是心眼坏吗？

4

当晚和一朋友吃饭，我把白天发生的事情讲给他听，他听后表态：这个现象随处可见，都快成为一种常态了！

然后他给我讲了一个事情。他的一位上司，年薪逾百万，上司的老公也是这个数，两个人在深圳买了不下五套房产，其中还包括后海的一套均价十万的高级住宅，投资的商铺更是不计其数。然而这位上司每每和他们闲聊家常的时候，说起父母的节省，居然有点赞不绝口。

这是怎样一种省呢?

她的母亲每天会去菜市场买菜，菜市场比小区超市要多走二十分钟路程，母亲从不嫌远，只为每天能去菜市场抢到特价菜，风雨无阻。

她的父亲，没事就去楼下溜达，逢哪个新店开业必进去，搬回很多诸如充电宝、小钱包、保温杯等印有商家二维码的小礼品。

朋友说，这位生活富裕的上司，似乎并没有奉劝父母的意思，相反，她对母亲去菜市场抢特价菜、父亲去领新店开业礼的事件持同意的态度，甚至还十分赞赏。这令他也曾费解多时。

5

这就是我们赖以生存的社会，子女混得再好，似乎也与父母没有多大干系。父母照样去特价市场买特价菜，去活动现场排队当礼品党，为了几十块钱的小礼品不顾年事已高争得面红耳赤。

他们一辈子不舍得吃不舍得穿，如今无论儿女混得好与不好，他们一样在重复过往过度的节俭，甚至放下身份去争那一点小利。

我不知道作为子女，在目睹自己的父母为了领小礼品不惜排长长的队、不惜和工作人员争吵气得破口大骂是一种怎样的感受，尤其是那位旁观了母亲暴跳如雷二十分钟才开口的女儿。在那件事情当中，我觉得我的同事有一句话说得非常对：要是我妈，我绝不会让她来这里冒充礼品党!

试想一下，如果年迈的父母真的为了一个小小的礼品气出什么问题来，作为子女，会心安？会理得？

真正孝敬的子女，不会让父母遭受这样的罪！

礼品党，并不是一个光荣的词，也不是一件可表可彰的好事，有的只是那么一点点沾沾自喜的快感。这种快感，不会长久。况且，这种做法会引发一系列不怀好意的导向——

1. 降低了父母的身份；

2. 引来他人鄙夷的眼光；

3. 父母的人身安全须考虑；

4. 占小便宜是一种陋习。

努力挣钱给他们，不如告诉他们如何养尊处优。尊是一种为人长辈的尊严，优是一种优越的生活态度，即使物质生活不那么丰盈，也自有一番不紧不慢不哄不抢的生活态度。这，才是最重要的。

不然，你活得光鲜亮丽，父母却在排队哄抢，这滋味，好受？

第五章 【欢愉】

我爱你，真的好爱你啊

没有前任可回头

题记：既不回头，何必不忘。

一辈子那么长，谁还没有个前任！

这句满是槽点的话，愣是被我说出了黑色幽默的味道。

初中的时候情窦初开，但可惜那时候的男生都长得又矮又丑，找不到怦然心动的感觉。一到高中，那些男生一个个跟吃了仙丹似的蹭得长得又高又酷，真是哔了狗了。

我就在那时认识了俊介。俊介，怎么听都是条效忠犬的名字，却贼兮兮地冷酷。我那时候常想：这男的，叫了这么难听的名字，还傲娇得要死，也不照照镜子，那三颗青春痘在脸上都长成倒三角了！

俊介是隔壁班的宣传委员，我是我们班的团支书。

据说宣传委员和团支书往往会有一段孽缘，就像班长和学委必有一腿一样，历史总是惊人的相似。

好在我们没在一个班，让这段孽缘开展得慢了一点。

每次年级开宣传方面的会议，我和他就会到场。我踏着小碎步欢快而至，他抱着笔记本冷着脸一言不发。上帝是个女孩，还是个爱捉弄人的小女孩，喜欢把两个明明不相干的人捏在一起。

由于是相邻的班级，我常常和他挨着坐。我们每周会开一次这样的会议，一次大概一节晚自习的时间，于是我们就这样开始了一周同桌一次的命运，我管这种命运叫作——相遇。

虽然每周有一节课的时间坐一块儿，他却极少讲话。这样的会议无聊得不行，我就带小说去会议室，用课本掩护着偷看。有一回，被他看到，居然和我讲话了，第一句话就是——

女孩子，不要年纪轻轻就看《挪威的森林》。

我又没露出封面，他居然知道我在看哪本书！一定是他偷瞄了我的书内容！然后，劝我不要看，那证明他看过了！

我扭头瞪他一眼：谁规定了只有你们男的才能看黄书了！

他当时有些惊讶，估计没想到我会说出这样的话来吧。

然后他就不定时来我们班门口找我，借书给我看，搞得好像我缺书似的。班上的女生每次看到他，都会冲我使眼色：你的冷面帅哥又来啦！我说别闹，然后大大咧咧地跑出去。

他给我岩井俊二的《四月物语》和《情书》，我就给他《关于莉莉周的一切》。他给我普鲁斯特的《追忆似水年华》，我就给他杜拉斯的《情人》。

后来他终于忍无可忍，下了晚自习把我拽到操场问我：你到底是哪里来的这么些书，女孩子家，未成年就读这些书不太好吧！

我冷笑一声：笑话，你就成年了。

我们那会儿上高二，我刚满17岁。

他怒视着我，忽然一把扯过我，抱了一下，然后甩头就走，留下我一个人在那儿发傻。

第二天刚好是一周一次的开会，会上，我们都正襟危坐，气氛有点尴尬。他忽然递给我一张小纸条，我偷偷打开，上面写着：

我明天满18岁，可不可以追你。

我吓得半死，这特么早恋啊！

我回他：不可以，因为我还没有成年！

他回：好，那我等你。

就这样，一晃到了高三。高考前我满了18岁，但即将参加考试，我们谁也没有说破什么，努力备考着。

高考结束了，我们填了同样的志愿，却未能上同一所大学。就这样，我们去了两座不同的城市。

我先去报到，他去火车站送我，眼睛有些红。我忽然很舍不得他，踮着脚亲了他的脸颊。结果他和我一起跳上火车，补了张票陪我坐到学校，然后送我去宿舍，帮我搬东西，还帮我铺床套被子。舍友们看到，都以为这么贴心的男生一定是我亲哥，他却说：这是我女人，有点小脾气，但心很善良，你们多担待点，感激不尽。

弄得我哭笑不得。

大学四年，我们坚持了四年，可是异地恋真的不好玩，生病了没有人知道，受挫了没有人知道，碰到烦心事了也没有人知道。我们都不是那种喜欢倾诉的人，都不想让对方操心，凡事都自己扛着，苦不堪言。

直到有一次，我接到一个女孩子打来的电话，说他摔伤了骨头，在医院躺了一个星期也不愿意告诉我。我挂掉电话跑到火车站买了张票连夜赶过去他的学校看他。

他真的摔了腿骨，打篮球的时候摔的，却只在电话里告诉我他们队拿了第一，完全不提他受了伤。

他住医院的那一周都是那个打电话给我的女孩子照顾他的，她是他们班上的女生，对他的那种关切的眼神任何旁人都能读出深情。

我照顾了他三天，他出院，不能走太远的路，那个女孩子送我去火车站，我问她，如果我退出，她是不是可以代替我在俊介身边好好照顾他。

女生笑了，说：爱情没有替代，他心里只有你，我只是个配角，不过我当得心甘情愿。

四年的异地恋，都没有被第三者打败的我们，终于迎来了毕业。

俊介是家中独子，从小和母亲一块儿长大，不想把母亲孤独地留在家中。而我心比天高，恨不得闯得天下皆我才肯罢休。就这样，我们产生了分歧。我赌气一个人跑来了深圳，他过了一周追过来，提着行李箱，说愿意和我一起出来闯。

我很感动，以为我们从此就能过上幸福的生活了。可是渐渐地，我们愈来愈发现生活习惯以及观念的不和谐，他喜静我喜动，周末他只想在家静静看书，可我总会带来一大帮同事朋友来家中聚会，完了还不收拾，残局都留给他。

之前由于一直异地，那种习惯上的东西彼此都看不到，如今生活在了一起，才发现各种无法融合。

终于在一次争吵之后，他疲惫地问了我一句：你觉得我们适合么？

我也累了，回他：似乎不合适！

就在我们的感情出现裂痕的时候，他的母亲出事了，过马路的时候不小心被车撞到，送到医院，伤势不轻。

他立刻赶了回去。

三天后我接到他打来的分手电话，说对不起，我坚持不下去了。

我才知道，原来他为了和我在一起，一直试图说服他母亲同意他来深圳，可是老人家不同意，他生平第一次和母亲吵了一架，然后收拾东西就离开了家。这次他母亲出车祸，不知是不小心，还是……

他不敢讲下去了，我也不敢问。所幸的是他母亲经过抢救已无生命危险。

就这样，我们分手了，成为路人。起初他还会保持一天一个电话的习惯，到后来，我们都慢慢疏淡了，直到再也找不到合适的开场白。

我知道，打败我们的，不是他的母亲，而是现实，苍白无力的现实。

分手后的两三年里，我都没有再接触新的恋情，这段初恋实在太刻骨铭心，以至于我时常都在幻想我们还会在一起。

我常自欺地想，等他想起我的好，想起我们那么多年的感情，一定会回来找我的！我们还会和好的！

有朋友给我介绍对象我统统拒绝，我固执地认为，万一哪天他回头了呢！找不到我可怎么办！

我甚至还将自己的个性签名换成了：会不会有一天你突然回头，和我狼狈地撞在一起?

我就这样，死死守着一个“前任可回头”的神话，如信仰一般供奉。

直到有一天，我收到了他的结婚请柬，才发现自己是多么的可笑。

我回去参加他的婚礼，新娘是和他一个镇上的姑娘，离得很近，是位医生。我知道，他母亲身体不太好，所以他找了一位可以很好地照顾他母亲的妻子。

席间他带着新娘过来和我敬酒，在介绍的时候，浅浅一笑，说这位是我高中同学，新娘大方地和我碰杯，我一饮而尽，然后微笑着看他。他轻轻地点点头，然后拍拍我的背，小声说道：你也要幸福，一定。

谁没有为前任做过些犯二的事情呢？我们都是天下最可笑的傻瓜。

既然是前任，就一定是分了手的，既然分了手，就一定是有原因的。劈腿，性格不合，异地，不信任，不爱了，都是理由，总是因为某些逾越不过去的沟，才导致彼此成了前任。

对于前任，等待，是犯二的。对于旧情，回头是可耻的。

当然，也不乏破镜重圆的例子，但，无论结果如何，在分手以后，请不要傻傻等待，以为自己至少还有个前任，就像还有个备胎一样。而事实上，前任比起备胎的性能，差远了。不要指望前任哪天会回头，这是小概率事件，要想着，世界那么大，没有前任可回头，还是各自安好，顺其自然吧！

有些感情，过了就是过了，风吹了就是散了，那个你心心念的人，也没有了，从此生活中再也不存在，而你要做的就是，重新开始新的生活。

有些名字你已经不记得了，但输入法还记得。有些情你以为很真，却也是有缘无分而已。

那段文绉绉的话咋说的——

既不回头，何必不忘，

既然无缘，何须誓言。

今日种种，似水无痕，

明夕何夕，君已陌路。

你好，我的花心终结者

题记：每个花心的人，都会遇上自己的花心终结者。

在世俗看来，爱情总是要门当户对的。在我看来，爱情即使可以不门当户对，至少年龄和身份也不要相差甚远，否则岂不是不能愉快地保持在同一频率了？

所以我一直想写写小树的故事。

1

小树是我高中同学，校草前三甲种子型选手，打得一手好篮球。据说长得帅又会打篮球的男生，十有八九都花心，还有一个不花心的肯定已经有男朋友了。

小树取向正常，属于前者，泡遍校园无敌手。我们每天要做的事情就是换书不停地背、换试卷不停地做，而这小子每天是不停地换着女朋友，还都不重样。对于这点，我们几个要好的哥们儿已经劝过他很多次了，诸如：

你这么花心，以后“嫁”不出去的！

你小心点，一般花心男都和专情男终成眷属的！

你就不怕你伤害过的那些姑娘组团埋伏在你回家的路上把你给阉了！

该骂的都骂了，他都不以为然，依旧过着比韦小宝还逍遥的日子。人家韦小宝好歹就娶了7个，这厮要是活在古代，绝对是要娶70个！

他还发明了许多歪理，诸如：

男人才是水做的，不然怎么泡姑娘呢？

年轻就是用来浪的啊，不然等我到了82岁还惦记着28岁的姑娘咋办？

我为什么要结婚啊？中国人的一夫一妻制是最错误的制度规定啊！

真是一棵奇葩树！作为他哥们而身为姑娘的我，也对他这种处处留情的风格无语+无奈。当我表达叹息之意时，他豪爽地拍了拍我的肩膀，非常大气地说道：你放心，我不会对你下手的，我对你完全无感，所以我们可以非常安全地做一辈子的朋友！

真是呵呵哒，老娘还得谢你当年不调戏之恩了？

2

高二下学期，班上新调过来一位班主任，是个毕业不久的女老师，长得斯斯文文秀秀气气的，这样的老师一般都会有一个共同的结局——被学生气哭。

我们这位新来的老师，也被气哭了，还是小树那浑小子闹的。具体情景我记不大清了，好像是小树总是不交作业，还把写给隔壁班女生的情书不小心夹在了作业本里一起交了上去。新老师批评他，他非但不认错，还顶嘴，样子凶得像只哈士奇一样。

新老师就这样被气哭了，在堂堂教师办公室，其他老师看不过去，把教务处主任给请来了。那时是课间，路过的同学看到，跑回班级传给大伙儿听，说这回小树完蛋了，那新老师哭得好伤心，教务处主任在一旁凶神恶煞地训着小树。

后来处罚挺严重的，小树被学校勒令回家待一周再来学校。要知道，高中的学业还是挺繁忙的，停课一周，不知要落下多少课呢！我们几个玩得好的同学都替他捏一把冷汗。而且我们深知，以他的脾气，很有可能就负气不读书或者转学了。中途我们试过给他家里打电话问问情况，都被他那严厉的老爸以“小树在闭门思过”给呛了回来。

唉，小树这回，看来真的是，凶多吉少了。

哪知一周后，这厮居然活蹦乱跳地又来上学了，但他来学校后第一件事情居然是和从前的那些花花草草姐姐妹妹们断了关系，并高傲地宣布自己从此是一只光荣的单身汪，从此要好好学习，报效祖国。

英语课上，我撞了撞他的胳膊（我是他同桌），小声问道：哎，我说，你是不是受什么刺激了？

他盯着黑板目不斜视，我受什么刺激了？

你是不是被你爸暴打一顿给打傻了？我问。

别说话，听讲！小树厉声说道。

我靠，这小子绝对是被打傻了，要知道，平时上课都是他最活跃的时候啊，不是给前排的女生传小纸条，就是躲在课本下写着小情书。如今这般改头换面，真令人吃惊啊。

接下来，更让人吃惊的事情发生了：他开始玩命地学习、背书、做卷子。他高一基本是个学渣，高二上学期延续了学渣的本分，如今是高二下学期，他不断啃书，立誓要将丢掉的课本知识补回来。然后下课和放学后就见不到人了。

课代表去老师办公室交作业回来告诉我们，小树那小子又在办公室缠着老师们问题目呢。各门学科都是如此。

我的天，想做学霸，也的够拼的啊。

高三下学期，小树已经是班级前十了，虽然还算不上是学霸，但对于一个曾经是倒数前十的学渣来说，已经很不容易了。

高考分数出来了，小树考上了一所二本学校。而他一下巴的胡茬，老了不少。怎么看，都不像一年多前的那个花心男了。

毕业晚会上，大家轮流说出自己的愿望，轮到小树时，我们原本以为这厮会说要泡遍大学妹子，没想到他居然缓缓说了句：我的愿望是，早点结婚。

晚会结束后，我们几个好基友拽着小树不让他溜，一个男生问他：小树，你跟哥们说实话，你，你是不是不行了？

我草！你才不行了呢！哥哥我身强力壮铁胆雄心好不好！

那你要这么快结婚做啥？

小树狡黠地笑了，很快你们就会知道。

大三那年的寒假，我们刚回到家不久，就收到了小树的结婚请柬，令我们瞠目结舌。而更让人始料不及的是，请柬上的女主角居然是我们的班主任，那位高二下学期来当我们新班主任的女老师。

这下我们的高中班级群里炸开了锅，男生们不怀好意地圈他，问：你小子，快老实交代，是怎么把我们的美女老师骗到手的！

有女同学立马弹出一条消息提醒：你们说话注意点儿啊，女主角可是咱们群主好哦！再胡说把你踢出去的！

大家连忙收敛，怕伤了班主任的面子。小树也因此躲过了狂轰乱炸的询问。但这事儿岂能就此了之?！还是几个男生有魄力，结婚前一天晚上，直接冲到小树家把他给绑了出来，抬到我们聚会常去的那家馆子。

大家给小树倒了三杯酒，小树憨憨地笑着，一连饮下，然后抱拳，哥们，兄弟明天要接新娘子呢，今晚就这三杯，不能再喝了，明天，明天陪哥几个喝个够！

然后大家欢快地吃着火锅，听小树讲他的这段气势磅礴的恋爱史。

原来这小子果然是色胆包天，泡妞到了出神入化的地步，看到新来的美女老师，竟然也伸出了魔爪。当时他把老师气哭时不是在作业本里误夹了一封写给隔壁班女生的情书吗，其实不是写给别人的，正是写给女老师的。

因为信的开头并没有写名字，女老师就没往自己身上想，只当是学生不学好，就叫来办公室想好好教育一番，结果小树牛脾气上来了，觉得女老师太不给面子了，非但没有欣赏自己文采斐然的情书，还指责他不学好，他当然就委屈啦，一委屈就发火啦，一发火就把刚毕业的女老师给气哭啦。

小树发誓再也不理这个不懂风情的女老师了。结果没想到故事又发生了转折，就是小树被他爹关在家里闭门思过的时候，女老师居然到他家来家访了。到底是自己的学生，心地善良的女老师心里还是过意不去，就来看看。

小树把自己关在房间里不肯出来，他爹拿起擀面杖就想破门而入揍死丫小兔崽子，被女老师劝住了，她说：让我进去单独和他谈谈吧！

于是老师敲了门，小树开了门。老师问他为什么要这样荒废自己的学业，浪费自己的青春，这样子以后会成为社会上的废人。小树怔怔地看着女老师，结结巴巴地说：

那我以后听你的，好好读书，考大学。

女老师满意地点点头，准备离开，小树又结结巴巴地说：如果我做到了，你能嫁给我不？

这下轮到女老师怔住了，她脸都吓白了，呆呆地一句话也说不出来。小树低下头去，害羞地说：那封情书是写给你的，没想到你居然没看懂。

女老师大为惊讶，愣了足足十几秒钟才反应过来，说道：你先做到再说。然后红着脸走了。

然后就是我们树哥发奋读书的情节了。我们说，你小子可以啊，什么时候拿下班主任的呢？

他低下头去憨憨地笑着，死活不肯说。

末了，他忽然语重心长地和我们说：其实大二满二十二岁法定婚龄的时候就想娶了她的，但女方的父亲一看是个毛头小子，哪里肯啊。所以故意刁难他，说你要是能拿出二十万来，我就把女儿嫁你！

二十万，对于一个还未毕业的大学狗来说，确实很难，而且小树的父母也都不富有，上哪儿去筹这么多钱呐！

小树于是一边读书，一边做家教、做兼职。实习的时候还和师兄一起开了家工作室，小挣了一笔，终于凑够了钱。

就这样，小树揣着厚厚的人民币，连夜赶到岳父大人家，把礼金给交了。他当时的准岳父看着他，张着嘴，说不出话来，沉默了半晌，说：这些钱是你们的，我其实压根没想过要，只想看看你的决心。我就这么个女儿，一定要对她好！

读研究生期间，小树就当爹了，他媳妇儿给他生了个女儿，他把老婆孩子带到学校玩了几天，逢人就说，这是我老婆大人，这是我女儿大人，自己乐呵得屁颠屁颠，像个孩子。

去年过年回家，我买的车票时间点不好，到站时间是凌晨四点钟。我在班级群里吐槽，小树得知后，打电话给我：多大个事儿啊，等着，哥到时候去火车站接你！

他还真来了，开着他的白色广本，穿着黑色风衣，围着灰色格子围巾，修长的身板完全没有发福，老远一看，活脱脱一个年轻长腿欧巴啊，谁会想到他娃都快上小学了。

小树说，毕业后他就回老家做生意，毕竟老婆孩子都在老家，自己不能一个人跑到外面去工作，把娘俩丢家里啊！好在生意做得还不错。而他媳妇儿，也已经当上副校长了，再也不可能被学生娃娃气哭了。

我说：树哥，讲真，你条件不差，又年轻，大学的时候肯定还是有不少诱惑的吧？动摇过没？

他又是憨憨一笑，说：之前看过一句话，说男人呐，总有段花心的日子，有的是年轻不懂事的时候花，有的是婚后有钱变花，我比较幸运，是前者。你知道我多么不容易才遇上了我的花心终结者啊！

我不死心，继续问：那你们无论是年龄，还是身份、见识，完全都不一样，能保持同一频率吗？

他扑哧一声笑了：都啥年代了，还讲这些。有时候啊，两个人在一起开心就好，别的都可以忽略不计的！而且，我十八岁就认识她了，以后几十年都在一起，所见所闻不就一样了嘛。我挺感激我这么早就认识了她，真的。

果然，有时候，说好的爱情，就是这样，不掺任何世俗与杂质，简单相爱，便是晴天。

别等了，相爱，就要趁早！别犹豫了，遇见你的花心终结者就结婚吧！

如果最后是你，开头不美也没关系

1. 遇到个讨厌鬼

爱情有无数种开头，但结局往往只有两种：要么散伙，要么喜结连理。我们常常看到的开头诸如两小无猜、暗恋成功、一见钟情、日久生情……无论怎样，在少女的心中，开头一定要美得像韩剧那样才算真爱。

起初云儿也是这么想的。少女心的她总觉得一定要遇到一位风度翩翩的欧巴，要么骑着白马，要么脚踏七色云彩。如果我那时候认识她，一定会语重心长地对她说：骑白马的有可能是唐僧，踏七彩云的是孙猴子，这俩都是秃顶的和尚啊喂！

云儿来深圳那年才19岁，她哥哥已经在深圳小有事业，她过来哥哥的公司工作。

一个风和日丽的下午，她去电力局交公司的电费，窗口负责接待的是一个年轻的男生，云儿拿出资料后，对方刚翻到第二页，就表示资料有缺，必须回去补齐了资料再过来。

第二天，云儿带着对方说的资料又来到电力局，结果那小子翻到第四页的时候，又说差资料，请回去补齐了再来。

靠，玩我呢！云儿火了，说我要是回去补齐了明天带过来，你是不是翻到第六页又要找茬？

那小子一脸欠揍地说：这是我们的办事流程，不好意思。

云儿把本子一摔，说：我要投诉你！

结果那小子居然说：请便。

云儿是个倔强的姑娘，一下子牛脾气就上来了，找到大厅里标出的投诉电话就打了过去。

第三天她再过来，终于全部搞定，而且窗口也换了一名和气的姑娘，那个讨人厌的小子，估计被开除了吧，哈哈哈。云儿欢快地想着。

没过几天，云儿忽然收到一条短信，问她在干吗，而且还叫出了她的名字。

那个时候还是零几年，发短信还是很流行的。云儿她哥哥刚好给云儿买了部新手机，那是个无聊的周末，云儿就有一搭没一搭地和对方聊了起来。

这一聊居然聊到了半夜。后来云儿如是告诉我时，我由衷地佩服他俩的短信聊天水平。

就这样聊了一段时间，对方想要见见她。云儿没多想，说好啊，我哥哥也在。

于是那天在馆子里，云儿倒成了配角，被晾在一边。她哥哥和约她见面的那人相聊甚欢，恨不得当场结拜了做兄弟。

云儿小声插嘴道：你们两人，确定之前不认识么？

她哥哥说：这不是你朋友吗，我哪认识啊！啊不对，我们今天就算认识了！来，干杯！

而那小子，就是当时在电力局“为难”她的讨厌鬼。云儿承认当天看到他时，有些慌张，但不知道慌张什么，或许是怕对方真的因为她的投诉而下岗吧。

饭后，讨厌鬼看出了云儿的担忧，非常淡定地回复她：放心，我没下岗！

云儿这才舒了一口气，继而问他是怎么弄到自己手机号的。

讨厌鬼说：傻姑娘，你来交电费的时候有填单啊，姓名电话一个都不少啊！

真是以权谋私的讨厌鬼！云儿心里暗暗地说。

后来，那个讨厌鬼男生就开始追她了，又是送花又是写情书，还串通她哥哥来给云儿做思想工作。云儿没多想，就答应了。他们在一起后，他为吃货达人的她练就了一身好厨艺，我们这帮同事每回去他们家吃饭都跟下了馆子似的，美味得不行。再后来，他们结婚了，相恋十年，终成眷属。

他们结婚的时候我去了，我望着一脸幸福的云儿，悄悄问她：你现在还讨厌他不？

云儿笑得无比灿烂，讨厌，还是会讨厌，不过，再也不会投诉他啦！

2. 不美也没有关系

我们有个同事长得很凶，我们就给他取了个外号叫“土匪”。但土匪的女朋友却长相甜美，说话温声细语的十分温柔。

每次同学聚会，土匪都会把他的漂亮媳妇带过来秀恩爱。两人感情十分好，吃饭、唱歌、玩游戏，无论是什么环节，都配合默契，从未见他们红过脸冷过场什么的。

最令我们受不了的就是土匪看他媳妇的眼神，你能想象一个长得很凶的男生，无比温柔地看着一个女生，那眼神恨不得把那姑娘给融化了的场景么！

来啊，把我们的狗粮端上来！每到这时，我们都会发出抗议。然后土匪就羞涩地一笑，和他女朋友相视一眼，再笑。

简直是不让单身汪活了啊！

前不久收到他们的红色炸弹，我们在群里骂骂咧咧，说土匪你小子终于被收了啊，还有爱开玩笑的男同事直接发来语音，唱的是婚礼进行曲：结婚了吧，傻×了吧！一个人挣钱两个人花！

当晚他被同事拽下馆子，并警告他不准带媳妇来，一个同事吼道：你丫平时恩爱秀够了啊，眼看你都要结婚了，今天必须单身，和我们喝个痛快！

于是大家轮番给土匪灌酒，这货是南方人，不胜酒力，几杯下来就扛不住了。醉了。

醉了好啊，我们开始逼问他们的恋爱史，说你们这么腻歪，是不是从小穿一条裤子长大的啊！

结果土匪握着酒杯，忽然就哭了。

我×，这什么剧情啊?!

我们都慌了，连忙给他递纸巾。

土匪不要纸巾，土匪有话要说。他借着酒力，缓缓道出了他们的辛酸恋爱史。我们听了个个都呆了。

原来，土匪曾经是他媳妇的“小三”，那姑娘是土匪一个前同事的女朋友，有一回聚会，那同事带了姑娘过来，土匪一看就知道坏了，自己爱上她了！

强迫自己不去想她，却更加想她；命令自己不去找她，却偷偷地趁那同事去洗手间的时候跑到他电脑前记下了她的QQ号。

起初姑娘还礼貌地和他聊两句，后来发现他另有所图时就把他拉黑了。他的那位同事得知后也开始疏远他，诋毁他，他在那家公司待不下去，后来只能辞职。

直到有一天，在大街上，土匪看到一群人在围观什么，自己就凑上去看看。人群堆里，是他那名前同事，和那姑娘当街吵架，他还连打了姑娘两巴掌，姑娘捂着脸，哭得梨花带雨。

土匪冲了上去，当即就把那前同事给打趴了。他说：你是不是男人，居然打女人！打女人就算了，居然敢打我喜欢的女人！

说完这句话，土匪拉着姑娘就走出了人群。打那以后，姑娘就和他好了。

但谣言是可怕的，那个丧心病狂的前同事，在同事面前传播土匪是拆散他们的小三以及姑娘水性杨花的谣言。他们那个城市不大，许多人都互相认识，那段时间，土匪和那姑娘过得非常辛苦。

后来，土匪就带她离开了那座流言蜚语的小城市，来到了深圳，一切都变成崭新的，他们所接收到的，也全都是祝福。再也没有流言，再也没有诋毁，他们自由地恋爱着，终于修成了正果。

土匪讲完就睡着了，我们大家都说不出话来。最后约定，谁也不许把这件事说出去，否则立马拉黑。

土匪的婚礼我也去了，他们虽然谈的时间不长，就一两年而已，但我总觉得他们似乎在一起很久了，一言一语，举手投足，全是默契。

两个故事讲完了，只想说，爱情确实有很多种开头，我们猜不到，但如果陪我走到最后的那个人是你，即使开头吵一点、闹一点，不美也没有关系，因为我们还有一辈子的时间让余生都变得美好无缺呢！那句话咋说的：一想到是和你共度余生，我就对余生充满了期待！

我们总是对爱情开始的情景进行无限的遐想，希望可以一见钟情，相看两不厌。又或者是不早不晚地遇见，你单身，我待嫁，不慌不忙，全世界都歆羡祝福。可是我们忽略了爱情的归属——爱情爱情，终究是要以修成正果而宣告圆满成功的啊！相遇本身就是一场没有预料和防备的事，我能遇见你，已经很不可思议了，如果碰巧还能和你执手偕老，那该是多么大的缘分啊！

所以，好的爱情不一定要有好的开头，与其花时间去设想如何相遇，倒不如动真情、花心思去和对方相爱相守，毕竟，走到最后才是胜利，才是一辈子的真爱，是不是。

喜欢是乍见之欢，爱是久处不厌

大东和露露是我认识的最看不下去的情侣，也是我们一帮朋友都看不下去的CP。换句话说，就是姑娘们都受不了大东，兄弟们都招架不住露露，而他们自己也差点因为“受不了对方”而闹掰。

大东是射手座，放荡不羁爱自由，做事从来不靠谱。每回朋友聚会，他总是不准时到，然后在大伙儿玩到不知道什么节点的时候突然而至，再搅起几波高潮，然后一转眼工夫，又不见人影儿了。

本大爷就是这么来无影去无踪！大东臭屁地自夸。我们骂道：滚蛋，就是丫的不靠谱！

这就算了，但这货还是人前贾宝玉，人后西门庆。碰到新认识的妹子，尤其是长得漂亮的，必须搭讪，必须犯贱，还相当会夸各种不同风格的姑娘，无论燕瘦环肥，贤淑辣妹，都能在大东的嘴里变成沉鱼落雁，惹得人家姑娘顾盼连连。待加了微信后，想和他继续了解，就发现扯犊子了，这货就像入冬了一样突然就变冷了。

所以我们一帮朋友当中，大东是姑娘们眼中口碑最不好的男生，妹子们一提到他就咬牙切齿，说：大东，臭流氓！

露露则是男生们眼中口碑最不好的女生了，为什么这么说呢，因为露露是处女座，所以你懂的。

你说好不容易大周末的聚个会吧，大家嗑着瓜子喝着啤酒围坐在一起唱着小曲骂着大东，露露这个处女座姑娘就从背后“嗖”的冒了出来，然后逐一数落道：老王你那瓜子壳别乱扔啊！小洁你那啤酒要喝就喝完啊，别每次还剩那么多就不要了啊！强子你要抽烟就到外面去，我们说好了无烟聚会的是不是！海欧我话还没说完呢你去哪，去洗手间啊，我刚看了没纸了，你等等我拿包纸巾给你……

看到了吧，就是这样一个和网上描述毫无违和的事无巨细处女座姑娘，让男生们烦死，但在女生们的眼里，却还是很暖很贴心的。

男生们说，谁要是娶到露露那样的女人准完蛋！妹子们说，大东那样的男人“注孤生”！

然后，他们俩就在一起了。这是一个石破天惊的消息。许多人断言他们不会走得太久，甚至还以“一个月”“两个月”为期限来打赌，真是帮龟孙子朋友。好歹也赌个三个月是不是！于是我下单押了三个月，是朋友当中赌注时间最长的人。

良心好友，海欧莫属！

结果他们“嗖”的一下，就过了一个月，于是赌注为“一个月”的朋友开始赔钱，在微信群里给我们发红包。再然后，“两个月”的朋友开始发红包，我沾沾自喜，以为自己赢了个大满贯。结果最后我也输了，三个月后，我把赢来的钱全吐了出来，如数还给了那帮龟孙子。

这算几个意思，射手座男生真的要和处女座女生天长地久了吗？这太毁三观了！

其实我们几个女生在他们刚在一起的时候有结成“拆婚联盟”的，

围着露露做了不少思想工作。

大东那小子一看就不是踏实的料，露露你这么单纯，跟着他会被骗的！

就是，他勾搭过不少女生呢，你小心点，没准以后每天推门回家，卧室的床上都躺着不一样的女人。

射手座和处女座这两个星座结合在一起就是个错误啊！你们相生相克，你的星座使命就是克死他，他的星座使命就是克死你啊！

我们费了不少劲，给她灌输各种“大东不宜”的思想，可露露和她的男朋友大东，还是没有被我们拆散。

男生那边也没消停，轮番抓着大东去喝酒。

大东啊，哥们儿跟你说，露露那姑娘不能要，要了准完蛋，你会发现自己多了一个妈。

大东，有这么个龟毛女朋友管着你，你以后还咋聚会，咋抽烟，咋喝酒，咋泡妞啊！

你俩性格不合，外貌也不合，从性格学和面相学的角度来分析，你们这种面相的人在一起会相互折磨，直到你精尽人亡蜡炬成灰。

不得不说，他们也是够拼的，连面相学都恶补，可还是没能拆散大东和他的女朋友露露。

其实他俩在一起真的很恩爱很和谐吗？倒也不是。比如聚会的时候大东再也玩不了他的神出鬼没技能了，他被露露牵着，准时到会，中途也跑不掉了，急得直抽烟灌酒，又被露露骂，说烟酒伤身，不准抽，不准喝。大东郁闷得要死，想找个新来的妹子聊聊人生消遣一下，可露露永远在他身边，他被抓得死死的。

露露这边也是，有一回我们姐妹团一起去香港血拼了两天，回来的时候露露表示担忧，说这三天大东一个人在家没人给他煮饭他会不会饿死。我们说，你不是应该担心他究竟是不是一个人在家的吗?

露露愣了一下，随即打了个的，没有叫大东来接她。我们一看我靠有好戏啊，一窝蜂地跟着露露钻进了出租车。

到了他们的小公寓楼下，姐妹们逐一开启了手机的照相功能、摄影功能及录音功能，等着捉奸。露露一直阴着脸不说话，不知道是担心大东，还是心里×了狗怎么会有我们这帮龟孙子朋友。

进了房子，我的天，这哪是人住的啊！难怪以前每次聚会大东都严词拒绝大伙儿来他家，这他妈就是狗窝啊！露露放下行李，往卧室走去，我们鬼鬼祟祟跟在后面，激动得心脏都快跳出来了。

推开卧室的门，大东像死猪一样睡在床上，房里的衣物乱七八糟，居然还有臭袜子落在旁边的枕头上。

我们立马忐忑不已，要知道，对于挑剔而又爱整洁的处女座而言，房间杂乱成这样，简直就是要了他们的老命，可能比捉奸在床更难以忍受。因为见识过露露曾因男生们来她家聚会把房间搞乱而令她大发雷霆，此刻我们吓得一句话也不敢说，心想露露会不会去厨房提菜刀过来。

露露僵在那里半天没动，过了半晌，叹了一口气，把卧室门带上退了出来。她一边送我们下楼，一边说：大东这个周末都在加班赶图纸，每晚都是三四点钟才睡觉，挺辛苦的。

我们连忙附和：是啊是啊，男人都挺不容易的，压力大，挣了钱还得交给我们去逛街去血拼。

露露不说话，我们互相使了个眼色，各自把手机里刚拍的照片和视频全删了。

回去的路上我想着，大东一觉醒来肯定以为家里来海螺姑娘了。挺好的。

就在大家都黑转粉开始祝福他俩的时候，他们却差点闹掰，令我们始料未及。

那天大东被几个男同胞抓去喝酒了，没通知露露。席间大东的手机一直在响，老王比较贱，直接把大东手机摁了关机键，说今晚你是哥几个的，让兄弟们帮你治治你那妻管严！

喝到晚上十一点的时候，露露杀过去了，绷着脸，把大家搞得挺窘的。大东马尿灌多了，智商也降低了，直接对露露说：大爷我今天就是要喝，你给我回去，回去！

露露看着浑身酒气烟味的大东，身上满是烟灰，脸也是油油的，露露又大发雷霆了。

大东你个王八羔子，你一到冬天就犯支气管炎，又有脂肪肝，你怎么和我说的?！要听医生的戒烟戒酒，要身体健康长命百岁的！你喝喝喝，喝死算×！

露露说完就跑了，大东还没回过神来，那帮龟孙子朋友一个个发问：

大东，你有脂肪肝啊？怎么不早说啊？

大东，你真有气（妻）管炎啊？怎么不早说啊？

大家把喝晕了的大东送回家，露露死活不开门，还在屋子里放出话来：我跟他，完蛋了！

这可咋办。后来老王急中生智，喊道：大东！大东！你怎么了大东！快醒醒别吓我们啊！

露露吓得连忙打开门问怎么了，兄弟们把大东扔进门里，拔腿就跑。

露露低头一看，大东睡得跟猪似的。

就这样，俩人险些闹掰，又和好了。

再后来，红色炸弹就来了。露露一个个打电话通知我们，让我们去他们家小聚。

席间，露露在厨房里烧菜，大东在客厅里招呼我们。我们望着整洁的房子，连根头发丝都不敢掉。

露露端菜出来，顺便去冰箱里拿啤酒，罐装的。大家喝完啤酒习惯性地把酒罐子扔地上，露露拿着垃圾袋，笑嘻嘻地收捡着，并不打扰我们。

趁露露进厨房的时候，大东小声说：你们别介意啊，她就这样，见不得乱糟糟的东西，非得收拾。

我们说：我们不介意，只要你受得了就行。说完哈哈大笑。

大东说：以前挺受不了的，后来就强忍着适应，没办法啊，谁叫我他妈的爱这个女人呢！

开饭了，露露坐上桌子，笑盈盈地给大家倒酒夹菜。几个兄弟还不死心，问露露：嫂子，你真受得了东哥吗？据说连他妈都受不了他。

露露说：以前挺烦他的，觉得世界上怎么会有这种人。后来有一回我妈生病了要动手术，我钱不够，大东看出来我脸色不对就问我，然后第二天他就把银行卡给了我说里面有十万块钱，不够再跟他说。

露露越说越激动：我妈手术很成功，我也对大东非常感激，后来就自然而然在一起了。起初我们都很受不了对方啊，毕竟还是习性相差太远。可是没关系啊，爱着就好，迟早有一天会适应的。《圣经》里不是说吗，爱是恒久忍耐，所以，忍得了大相径庭的伴侣，才是高人啊你们说是不是！

来，敬嫂子！我们一齐举杯。

这是我见过最奇葩的恋爱组合，两个完全风马牛不相及的人，能够忍受那个破坏自己价值观的人，还要和他过一辈子，想想就觉得怎么会有这么甜蜜的事。

谁都有缺点，谁都有毛病，无伤大雅就好，毕竟，这个世界上是没有绝对完美的人和事的，只有相对的忍耐和接受。

法国作家杜拉斯曾说过：除非你很爱这个男人，否则每个男人都是难以忍受的。这句话适用于每一个女人，反之，也适用于每一个女人。想想我们身边有多少恋人，都因一句“无法忍受”而变成路人，实在可惜。或许只要愿意隐忍，包容，就能发现对方不一样的美。

都说男女来自不同星球，讲着不同的语言，有着不同的习俗，做着不同的事情。但唯有一样东西可以将他们紧紧拴在一起，那就是——爱。

喜欢是乍见之欢，爱是久处不厌。

爱情就是你好我坏，永远不败！

在没有认识好好小姐之前，我还不知道世界上有这么好的姑娘。

好好小姐，原名李妤，没错，古代那个“婕妤”的“妤”。本来是女官的意思，有望飞黄腾达身份显赫的，结果这姑娘小时候上学偷懒，好好的一个“妤”字，就被她囫囵成了“好”，弄得全班同学和老师都喊她“李好”。面对这木已成舟的事实，她母上大人选择了改名，但又觉得这个名字谐音不好，你好你好，总有种谁都可以勾搭的感觉，就多加了一个好，于是就成了现在的李好好。

李好好是个非典型老好人，开心时手舞足蹈，悲伤时长歌当哭。怎么说呢，就是开心的时候恨不得手脚并用地对你好，帮你打水给你买饭，宿舍的卫生从不用我们操心，你说什么她都“好的没问题”的答应，所以我们都喜欢叫她“好好小姐”。她悲伤的时候真不多见，如果一定要举出个例子来，那无非就是林坏了。

林坏本名也不叫坏的，自打看了电影《大上海》之后，对里面高虎饰演的那个“林坏”崇拜得不得了，于是背着父母偷出了户口本，在我们宿舍楼下朝着李好好奋力挥臂。我们宿舍在三楼，不高，看到他手里的户口本，当时我们就震惊了。

是啊，彼时正值他和李好好相爱三周年纪念日，谁他妈不以为他偷户口本是想去领证的啊！

李好好被这小子牵着手一路狂奔至民政局，一脸迷茫。直到看到民政局后，李好好似乎明白了点什么，扭捏着说怎么不早说，人家的户口本还没来得及偷呢……

哪知这厮把李好好带进了民政局旁边的派出所，在李好好目瞪口呆的过程中完成了人生大事之一：改名。

从此，我就是林坏，“坏蛋”的“坏”。

真不要脸，盗用人名就算了，连台词都要盗，无耻！李好好说完捂着脸跑了，三天没理林坏。她当时那种感觉类似“我外套都脱了你就给我看这啊！”

其实林坏改名还有一个原因的，那还真的是因为李好好。他想着，你不是好姑娘么，那我就当坏先生吧，咱俩一好一坏，天生不败！

就是用着这样嬉皮的情话，林坏哄好了李好好，两人一口一个“你好好哦”“你真坏”，重新如胶似漆。

林坏一身的臭毛病，喜欢睡懒觉，打游戏，逃课，和宿舍哥们喝酒吹牛。但每每他睡了懒觉后都会在楼下接到李好好为他买的爱心便当，香喷喷羡煞旁人。打游戏的途中，李好好不吵不闹安安静静。逃课了有李好好帮他记笔记，就连他们宿舍的一帮大老粗们，也连连称赞“真是个好姑娘”！让林坏颇为自豪。

说到底，还是因为相爱，也正是因为相爱，两人做了所有相爱之人会做的所有事情，大学还没毕业，就颇有私订终身的发展趋势。于是我们怂恿着李好好回家偷户口本，趁着毕业前夕去把证领了，让大伙儿也早日凑个份子钱。

对于这件事情，我们是无耻的，因为想着大学狗的份子钱可以少交点，可以为日后苦×的打工生涯省下一笔巨资，就这样，我们不断唆使着李好好：快回去偷啊，去偷啊，偷啊！

以至于从那以后好长一段时间，大家见到李好好的第一句话都是：去偷啊！

李好好带着大家的期待，终于不负众望地偷来了户口本，羞答答地跑去找林坏，我们在宿舍嗑着瓜子乐呵呵地讨论着份子钱究竟是给99还是122。

结果是我们大家都失算了。

李好好气鼓鼓地跑回来，说这辈子都不嫁给林坏了！

通常情况下，当一个姑娘说这辈子都不嫁你，那她大概有半辈子的时间心里都在想着该怎么嫁给你。

原来事情也没有我们想象得那么糟，李好好和林坏在学校外面吃着麻辣烫呢，聊得正欢的时候，李好好恰到好处地问了句：哎你户口本呢？

吃着菠菜的林坏随口答了句：在呢，怎么了？

哦，我就想看看你家地址啥的。

哦，那我口头告诉你不得了。

我还想看看你的出生日期。

户口本上是假的。

那我想看看你小时候的照片！

你傻吗户口本上哪里会有照片啊！

最后李好好没沉住气，直接吼了句不拿出来我们就绝交。

林坏惊呆了。愣了几秒钟后，林坏说：亲爱的并不是我不给你，是它不在我身上了啊，前两天我寄回去了。

一句“寄回去”，配上这么多天来我们向她灌输的“去偷啊”，简直如雷贯耳五雷轰顶，李好好再次捂着脸跑了。

被女朋友搞得莫名其妙的林坏让李好好这天的举动弄得目瞪口呆。自己一向温顺的女朋友，怎么这么反常。林坏又用嬉皮的情话，想哄好李好好，可这回李好好就是不理他，感觉被他伤了自尊似的。

我们宿舍几个都看不下去了，对李好好说：这屁大点事啊，不就是男朋友呆了点吗，又不是和别人上床了，你至于这样吗，你不是好好小姐吗，怎么这回一点也不好了。

李好好说：这是爱情，我要较真。

后来不知道是哪位好姐们通风报了信，林坏得知消息，连夜化装成女生，躲过宿管阿姨雪亮的眼睛，溜到我们宿舍来。然后就求婚了。

他说：李好好，你那么好，那么好，好到几乎挑不出毛病来，人见人爱，人爱人夸！你那么好，以后可怎么办。不过没关系啊，我够坏啊，你的所有好我都来者不拒啊，好与坏综合在一起，就是生活啦！反正我就爱你了，我们成了吧，成为这个世界独一无二的你好我坏！

人模狗样的林坏，不知道从哪里抄来的这段台词，竟然把李好好给说哭了。

你这个笨蛋！笨死了！李好好说着说着又笑了。

这一对冤家，也该修成正果了吧！

原来爱情，就是这样，你以为的两个毫不相干甚至反差巨大的人，却可以异性相吸地走在一起，如胶似漆，恩爱有加。也不一定非要是好坏相抵，最重要的，还是那个字——爱。相信爱，无所不能，无所畏惧，如此，在对方眼里，所有的好都可以承受，所有的坏也都能接受，这大概才是这世上最无敌的事情吧。

当暖男牵起了别人的手

本以为自己是不会写和“暖男”有关的故事的，因为本人性子较烈，遇上的碰巧也都是些桀骜的家伙，一来二去，二十多年了也还没有持有过“暖男”这种生物，也不奢望还能在大龄的尾巴上撞见个什么鬼。

虽说自己没拥有过，可那句话咋说的，没吃过猪肉还没见过猪睡觉啊！我的高中同学兼闺蜜，糖果小姐，可就真的是遇见个暖男，被暖了十年，我是见证者之一。可没能预料到的是，暖男最终人走灶凉，冬天飘起雪花。

糖果长得圆润又白，说起话来声音像是有磁性，可好听了。高中语文课本里有句形容琵琶的诗，我们都觉得这简直就是在形容糖果的声音：“间关莺语花底滑，幽咽泉流冰下难。”就是这样一种“大珠小珠落玉盘”的声音，不光男生爱听，就连我这种女汉子也喜欢得不得了。

美好的东西，还真是人见人爱老少皆宜啊！

饼干先生或许也是被糖果的声音吸引而来的。饼干话少，腼腆，和他开个玩笑，也只会浅浅地笑。没有男生身上的粗野和冲动，温和干净。饼干就像是一盒苏打饼，温和不腻，入口即化。

最初我们只是发现饼干喜欢偷看糖果，上课的时候看，下课的时候看，去厕所的路上看，回宿舍的路上还是看。大家一一向糖果反映之后，才拼出了这样一幅完整的画面：

这简直就是走哪儿跟哪儿啊！

糖果也有点受不了了，毕竟这还是在高中，还是17岁那年的雨季，早恋就是那乌云背后的霹雳。糖果不希望自己受到干扰，也不想有人因她而荒废了学业。从这一点上来说，糖果还是很善良的一女孩子，这种姑娘遇见暖男的几率可谓是百分百，就看遇见几个了。

说来也真怪，这饼干一不表白，二不搭讪，三也不做出什么越轨行为，摁在墙上壁咚什么的。他就好像是一阵风，只是那时太年少，说话机会比较少，还不知道他其实是一阵暖风。

对于一个什么也不做的男生，糖果也只能任由他盯着跟着。总不能上去抽人两耳刮子然后爆粗给姐滚远点吧，这是一个法治社会，凡事可都是要讲证据的。万一到时候人家死不承认看的是你跟的是你怎么办，岂不丢人丢大发了！

于是，高中三年，就这样相安无事地度过了。

高考后饼干就消失了，同学聚会没来参加，出去爬山也不报名。我们就纳闷了，这都高考结束了这小子怎么还不行动啊！难不成要等着糖果被大学的师兄给骗走了才出来啊！

我和糖果的分数相当，于是报考了同一所大学，一起收到了录取通知书。到学校的第一天，我就受到了惊吓。

那天我们拖着行李箱走进校门，正打算欣赏一下校园美景和师兄，却不想被眼前的一个黑影挡住了视线，我们抬头一看，哎呀妈，这不是饼干吗！大白天的跑出来吓我一跳！

我们的饼干先生穿着格子衬衫，牛仔裤，一副标准大学生的打扮，笑脸盈盈地站在我们面前，一脸阳光。旁边的新生走过来，娇滴滴地说道：

学长，可以帮忙提一下东西不？

我这才发现饼干没有穿新生的队服，所以被人家误认成了在校园混迹已久的“师兄派”。只见饼干大方地笑了，对那软妹子说道：

同学，不好意思，我是来接女朋友的哦……

接下来轮到糖果纳闷了，冲着饼干嚷道：

你说谁是你女朋友啊！

饼干一把提过她笨重的行李箱，温柔地笑了，他居然还有酒窝！

路上，糖果又冲他嚷：喂，我的箱子是有轮子的，是可以在地上拖的！你提着它做什么啊！

饼干爱惜地看了看箱子，说道：左边的轮子已经被你磨损了百分之五十了，再不爱惜，很快就要报废了。不过没关系，有我在，以后你都不会再拿这么重的东西了。

糖果一言不发，我在一旁感动得不行，冲糖果使了个眼色，意思是这男人靠谱。糖果没有说话，低着头走着。

后来我们才知道，原来这小子高考填志愿那天趁老师下班偷溜进办公室，翻大伙儿填的志愿清单，却不想被警务处当成坏人差点打残，送医院住了一个星期，难怪没有参加同学聚会。他跟老师坦白了缘由，老师一想我们都毕业了恋爱也自由了，就把糖果填的学校告诉了他，他求老师给自己改了个一模一样的。

然后他就以不相上下的分数来到了这里，其实论学习，饼干的成绩要比我和糖果好一点，天知道他有没有临时脑子短路不做数学卷子的最后两道大题。

至于为什么没有穿新生服，是因为他收到录取通知书就联系学校要来做义工，清扫学生宿舍，学校居然还批准了，他就这样，早我们半个月来到这里，把校里校外每一个角落都熟悉了，接下来，他就是糖果的智能导航了。

大学四年，饼干暖了四年。我们的学校冬夏俱凉，饼干给糖果买暖手宝，暖鞋，暖袜，暖水瓶，保温杯。总之，一切和暖有关的东西，他都献给糖果，他知道糖果体弱怕寒，就终日嘘寒问暖，早上还早起熬粥用保温盒带到教室给糖果吃，中午带糖果去校外的餐馆喝羊肉汤，从胃暖到心。

别看中学时候的饼干默默无闻的，那是被教条主义给压抑的，到了大学我们才知道，这小子居然多才多艺！会弹吉他，会摄影，会写书法，还会打篮球。加上修长的身材，暖心的笑容，迷人的酒窝，不少女生投送秋波，明的暗的都来，可饼干都一一婉拒了。

他心里就装得下糖果，他这辈子就栽糖果手里了。

可是我们的糖果在做什么呢？

糖果似乎并没有动心，她被一个能说会道的师兄给拐了去，答应师兄前，还问了糖果的意见。

虽然我是女的，但我也能感受到饼干当时的心如刀绞。从高中到大学，追了四年的妞啊，就这样被一个才认识俩月的师兄给劫走了，饼干当时的心情就像是被岳灵珊抛弃的令狐冲，只可惜夺走小师妹的不是林师弟，还是一个野师兄。

饼干心里难受，找我出去喝酒，我说，这节骨眼上，你要么放弃，成全她的选择；要么放手，但心里不放弃。

如我所料，他是坚定地秉持后者的。

放手是为了成全，但心里依旧要热爱。饼干说道。

我说，你这又是何苦呢。

他说：即使做不了太阳，每天陪着她出行，也要做一盏路灯，用微弱的光照亮她回家的路。

说得这么文艺，说白了，就是耗下去，耗到有一天糖果被师兄甩了哭着发现饼干才是最好的。耗到有一天糖果忽然不爱师兄爱饼干了。

可这“有一天”，到底什么时候到来？

果不其然，糖果的初恋因为师兄移情别恋无疾而终，仅仅维持了三个月。饼干又变得忙碌起来，陪着糖果，去她去的每一个地方，听她哭诉她的每一道心伤。只要有糖果在，就有鞍前马后的饼干。

那段时间，饼干和糖果的关系似乎进了一步，糖果开始将饼干当作知心好友，愿意饼干走入她的生活。

这是一个不错的开头，就在我准备为饼干助点力的时候，那杀千刀的师兄突然浪子回头了。糖果沉默了两天，然后原谅了那个混蛋。

我说：糖果，一个男人如果背叛过你一次你还原谅，那你接下来就等着继续被背叛吧！

糖果不听，我生气，饼干无奈。一时间，我们三个人各行其线，快要没有交集。

糖果的师兄是学生会主席，每天狗屁工作一大堆，抽不出时间来陪糖果，这个时候，饼干再次出现，陪她吃饭，上自习，去图书馆，听她吐槽，安慰她。

四年的大学生活一眨眼就过去了，师兄早跑了糖果又恢复单身。饼干跟着糖果去了苏州，那是糖果最喜欢的城市，宁静安谧。

他们之后的生活我就没有参与了，因为毕业后我就来了深圳。通过几次电话，得知了他们合租了一套两居室，依旧过着暖男女神的故事，不越雷池一步。

我想着再过几年糖果年纪大了，逐渐习惯了饼干的陪伴后，应该就会蓦然回首和饼干共度余生的。没想到上个月，居然接到了饼干的婚礼请柬，新娘不是糖果。

我连忙打电话给糖果，问是怎么回事。

原来，毕业后糖果也一直没有正面回复饼干，饼干一如既往地对她好，她却宁愿和别人相亲也不和饼干试一试。我问她为什么就那么排斥饼干呢，她苦笑，说她也不知道自己是怎么了，可能是习惯了这么多年来饼干对她的好，一直在挥霍，在享受，直到认为这是一种理所当然，所以不屑一顾，不言爱恋。

海欧你知道吗，我现在难过得要死，我现在才知道，其实在我心底，我是喜欢他的，只是我自己一直没有发现！他把我暖得不食人间烟火，不知人间疾苦，现在，我要怎么去习惯没有他的生活？我连家里的物品都不知道摆放在了哪里，这么多年了，都是他收拾的，我要什么，喊一声他就立马送到……

糖果在那头絮絮叨叨地讲着，我掰着指头算了算，呵，十年了，他们都十年了，结局竟然是暖男看破红尘，另娶他人。

这是一个悲伤的结局，我本来打算打电话问问饼干怎么回事的，却刷到饼干的朋友圈动态：

如果十年，我还不能够温暖你燃起爱的火光，那么，我有理由相信是我的能力问题。亲爱的，保重！

看完这段话我就明白了饼干，我没有打电话去质问他，每个人都有自己的选择，只是，茫茫众生，遇见不易，不要等到失去之时，方知什么是良人，什么是爱。

再热烈的火光也会熄灭，再温暖的人心也会冷却。趁现在，就爱吧！

年少时候虔诚发过的誓

我读高中的时候班上有个长得极像周杰伦的男生，我从来没见过如此小的眼睛，因为那时候李荣浩还没出道。

小眼睛男生是语文课代表，有一回我去交作业，因为是最后一个交，我小声问他能不能把我的作业本插到那一摞作业的中间去。我们班主任也就是语文老师，贼精，每回都拿最上面那本说事儿，一口咬定那是最后一个交的，然后叫到办公室说到你忏悔的心都有了，所以大家都怕最后一个交。

面对我的请求，他居然熟视无睹，坐在那里用手托着下巴一动不动，我低头一看，我靠，居然睡着了！那是晚自习哎，他居然敢睡觉！好小子，睡得好，接着睡吧，等我把作业本插完队你再醒吧！

我蹑手蹑脚地开始为我的作业本做插队实验，哪知他头也不抬地说了句：

胆儿挺大啊，大活人坐在这儿你都敢作弊啊！报……

报告老师！我抢在他说话前喊了老师，然后以光的速度向老师举报了语文课代表上课睡觉的劣迹。

他连忙站起来辩解，我也不服气，说我明明看见他闭着眼睛半天都没睁开！

他咬着牙，声音无比委屈：我明明睁着眼睛的，是她没看到！

哈哈哈，同学们笑作一团，我这才反应过来是他眼睛太小睁着也看不见。天呐，这个世界居然有这么悲惨的人，我尴尬地和老师道了歉，滚回自己的座位上。

后来我果然因为最后一个交作业被老师训了一顿。从此我越看他越看不顺眼，他也自然不会给我好表情。可我始终敌不过他，因为他仗着他的课代表职权总会干出些丧尽天良的事。

比如发试卷的时候故意把破了的卷子发到我的桌子上。再比如，老师每次讲试卷的时候总会拿一位同学的卷子边看边讲，碰到错了的题目就着重讲讲，于是每次我的卷子都在老师那里，我的错题也都被“着重”，我还要委身和同桌蹭一张试卷。

贱男，给我等着！

有天放学，我在教室门口拦住他，颇有气势地说：我可是本地的，你是外地的我知道，我告诉你，欺负本地的不会有好下场！

他居然哈哈哈地笑了：你以为我会怕你？

这么狗血的对话我完全接不下去了，于是我摊了牌：说吧，你要怎样才不整我？

他说：我有整你吗？这位同学你是不是有幻想症呢？

我瞪着他，他又笑了，扭头走的时候甩下一句话：想干掉我，至少得和我一个水平。英语课代表不是转学了么，这是个好机会，你或许可以摇身一变成为英语课代表整垮我呀。

人间禽兽！

果然，第二天，班主任宣布，由于英语课代表转学，班级将另选一名同学担任这一职务，以十天后的模拟考成绩来定，分数高的前三名同学有资格参与竞聘。

我平时英语不差，考前十名没问题，可是前三，那就得看运气了！于是那十天，我开始猛啃英语科目，真题做了一套又一套。

可最后，我考了第四名，我输了。

结果竞聘那天，班主任竟然说考试成绩前五名的同学都可以参加，并且是自愿参加，第三名的那位同学举手退出，于是剩下我们四个人竞争。我上台的时候小眼男鼓掌鼓得老大声，我忽然就来了精神，在没准备演讲稿的情况下完成演讲，结果是我以最高票当选英语课代表。

下课后，他走到我旁边，说：恭喜哟喂。

我白了他一眼，说：以后咱们势均力敌了，力量相当了！

他摇摇头说：还不是。

我诧异地看着他，他说，我现在是班上前五名，你什么时候能加入进来，才和我算一个等级的。

我警觉地笑了：大家马上就成年了你别开这种幼稚的玩笑了好吗？

他忽然递给我一本书就走开了。我打开书，里面是艾薇儿的明信片，一共八张。

艾薇儿艾薇儿，我最喜欢的小公主啊啊啊！

里面还有一张字条，上面写着：

和我一起进前三，我就送艾薇儿的正版CD给你。

哇！我激动得差点跳起来，要知道，我平时可是都只能在随身听里听听艾薇儿的磁带，在我们那个小县城，彼时还没有什么渠道可以买到这种正版CD，那可是我的梦想啊！我还把这个梦想写进语文周记里了呢！

等等，他是怎么知道的？我在语文周记里写过艾薇儿是我的精神支柱，她充满爆发力的歌声总能给我强大的力量。

难道……好你个小眼男，居然偷看我周记！

浑蛋！

整个高中，我好像都在和他追赶。他的成绩比我要好点，我就奋力地追赶着他，每进步一个等级，他就给我一些奖励，比我爹妈还操心我。

高三下半学期，学习一下子变得紧张起来，我们没有那么多时间闲聊，甚至连说话的时间都没有，每天除了做卷子就是做卷子，多长时间没有睡过一个充足的觉了。

他偶尔会传小纸条给我，也都是约定一些事情，比如明天的考试你要进前八，我就怎样怎样。那本习题你能在一周内做完，我就怎样怎样。

怎样怎样，他好像总有新奇的宝贝，让我不得不去遵从，继而将他的怎样怎样，如获至宝。

高考的前一周，学校实行宽松制，大家可以回家复习，也可以回家休息。我背起书包，走到门口的时候发现他站在那里，然后我们就一起走出校园，走了好久好久，那时候觉得，会不会就和这个人，一直走下去了呢……

他自顾自地说：小样儿，你以后有啥梦想不？

挣钱。

俗！

那好，你说说你的不俗梦想。我白了他一眼。

我要挣大钱。他目视远方。

呵，挣钱就俗，挣大钱就不俗？我不甘示弱。

挣大钱，是大理想。所以以后只要有我在，你就不会饿死，不会因为懒惰而倦怠，因为我会时时鞭策你的。他说。

就像现在一样吗？我问。

比现在要好点儿吧……

我们就这样有一搭没一搭地聊着，直到太阳变成了夕阳。我们分别，道再见，留给对方一个红彤彤的背影。

后来他还真考得比我好，好了不知道几个等级，去了北京一所985。我呢，分数得过且过，去了本省的一所普通大学。

他来学校看过我两次，但因为隔得太远，所以也仅仅只有两次而已，但对我而言，已经很足够了。大二下学期开始，他考一堆的试，他的梦想是剑桥，所以终日啃书，披星戴月。我则参加各种社团，去报社实习，起早贪黑。我们各自有了忙碌的生活，也似乎，在彼此的人生里，渐行渐远。

大学毕业前，接到他的电话，他在那头兴奋地告诉我，说通过了剑桥的考试，马上就要去英国了！

我在电话这头礼貌地恭喜他，他客气地说谢谢。我忽然很悲伤，日子终于将我们分离得以礼相待了呢。

我看着墙上贴得满满的艾薇儿海报，桌子上摆着的一堆艾薇儿专辑，红了眼圈。

末了，他说：高中时的诺言还有效，你随时可以来找我，我们去看艾薇儿的演唱会！或者，或者等我回来！我可是挣大钱的人哦！

我破涕为笑，问道：那诺言的有效期是多久？

一辈子！他欢呼。

可是，可是我不喜欢周杰伦。我理屈词穷。

没关系，我喜欢艾薇儿。他温柔地说。

爱你就是嘘寒问暖

听说近年来最强寒潮将于这个月末来袭，深圳会冷得跟鬼一样。这个消息一上线，小愚的手机就没停过。各种短信、微信、QQ、电话，狂轰乱炸，恨不得把她炸晕了为止。

小愚烦得不行，把手机甩给我说：姐，你帮我把手机砸了吧，赏你100块钱。

我把手机扔回去给她说：爷，你那宝贝机我可赔不起，别闹了，接个电话又不会死！

小愚嘟着嘴不情不愿地接起电话。好啦，要多穿衣服，要保暖，我知道啦！

据不完全统计，那是小愚当天接到的智明哥哥打来的第12个电话。

智明哥哥，又称欧阳大智，是小愚从小一块儿长大的邻居家大哥哥，比她年长三岁，从小就主动承担了小愚的哥哥、父亲甚至妈妈的角色。

小愚，名为小愚，却生得有几分沉鱼落雁之色，就是脑子不太好使，总是晕晕乎乎的，一下子忘记吃早饭饿得胃痛，一下子忘记带伞被淋成落水狗，总是让人不能省心。

我和小愚是深圳的同居……啊不，是深圳的合租室友。那时我的前一个合租室友要回老家发展，一间房空了出来，我一个人住不划算，就在网上发布了一则合租消息，刚发出去没几分钟，电话就响了。

你好，我想问问你是有房子要合租是吧？

是的。

哦，那请问你是男生还是女生呢？

你觉得呢？（我的声音辨识度还是很高的）

不得不承认，这姑娘的名字取得太对了。

当天下午她就过来看房，很有礼貌，很小心翼翼，进门主动换鞋，不随意翻乱房间里的东西。看完后，我问她怎么样，她说很好很好，我可以先付钱再搬来吗？

真是实在的姑娘啊！然后，我就开始了一段和生活白痴同居的日子。她对于生活的低能，简直超出我想象。

出门忘带钥匙也就算了，连门也忘记锁我也是醉了，幸亏房东路过发现门开着屋里没人，帮我们锁上了门。自此，我宁愿冒着迟到的危险也不比她早出门了。

不会做菜也就算了，结果煮到忘记关火、锅底都烧穿我也是怒了。要不是我及时回到家，我们的房子可能就要毁了。这妞居然坐在沙发上看书，一脸无辜地看着从厨房走出来的我问：你怎么啦？

这些都算了，可你听说过姨妈痛的时候喝蜂蜜柚子茶的女生吗？我也算是长了见识了。某日一大早，我见她还不起床上班，问她咋了，她说她姨妈痛，请一天假在家休息，晚上我回到家，问她好点没，她说还是痛，一边说着一边喝东西。

我说：你喝啥呢？

蜂蜜柚子茶呀，我用热水冲的，应该可以缓解姨妈痛的。

小愚，你一般姨妈痛会痛几天？

三天吧，咋啦？

三天就对了，你要是不喝这玩意儿，顶多疼半天足矣！我越说越火，直接开骂了：蜂蜜是凉性的，柚子也是凉性的，这两样东西放一块儿吃，你是不是想让姨妈痛来得更猛烈些？你妈没教你吗？

她眨巴眨巴双眼，一脸可怜相。我叹口气，跑楼下超市买了包红糖回来。

小愚搬来的第二周，就有一位男士不请自来，像个刑警一样进了屋，然后把每个房间都仔仔细细巡视一通，再把我从头到脚审视一遍，继而就对我展开了长达两个小时的问询，基本上都快翻到我爷爷那辈了。

小愚不好意思地说：我哥哥就是这个样子，比较啰唆，你不要介意哈。

这个哥哥，就是欧阳大智。问到名字时发现我和他居然同属一个姓氏，不禁对我的姓产生了极大的怀疑和鄙视。

欧阳大智在客厅住了两晚，走的时候对小愚说我是个好人，可以放心合租下去。

我吹胡子瞪眼，骂道：废话，我是不是好人，你自己不会感觉啊，还让你哥跑来巡视。

小愚连忙解释。原来这欧阳大智是自己跑来的，而且不是她亲哥，是邻居家的哥哥，从小一块儿长大的。

我说：妹子，他看上你了。

小愚不说话，默默地收拾房子。

从那以后我才知道，每次的各种关心电话、短信、微信、QQ，全是出自欧阳大智，他一个人，哼哧哼哧地揽下小愚生命里的所有角色。我靠，看不下去了，还让不让人活了啊！

过了几个月，小愚公司的一名男同事开始追求小愚，小愚对他也颇有好感，就答应他先从朋友做起。可是没多久，小愚就发现这感觉不那么对了。

小愚是个没主见的姑娘，凡事喜欢别人给她拿主意。她和我逛街，拍了两张衣服的照片发给那个男生，问：我穿哪件好看？

男生说：你自己挑吧我正打游戏呢乖哈。

周末小愚想吃日本料理，发微信问他要不要一起去吃，男生说：我正和哥们打麻将呢你找闺蜜一起去哈乖。

直到有一天，小愚生病了，其实也不是什么大病，就是肚子疼得要命，大半夜我把她送到医院，诊断出来是得了急性阑尾炎。我们走得太匆忙，忘记带银行卡了，身上的钱不够缴费。小愚给那男生打电话，打了四个，对方才接起。

这么晚了，我不方便出门啊，我微信转账给你，你收一下哈！

谁要你的微信转账，我没带银行卡，收到了也取不出来啊！小愚气得挂了电话。

我只能让医院先收下小愚，但没缴费，医生不肯先做手术。大半夜的，同事和朋友不是没接电话就是关机，急死我了。

我说，小愚，你先忍忍，等我一下，我回去取钱！小愚一头的汗，望着我点点头。

我跑出医院的时候发现身后有人叫我，我一回头，是欧阳大智。

你怎么来了?！你不是在长沙吗！

嗯，昨天我给小愚打电话，听到她说肚子疼得有点奇怪，我不放心，就买了当晚的火车票，刚下车，刷到你发在朋友圈的消息，就从罗湖火车站打的过来的。小愚还好吧?

你带钱了吗?

带……带了，我把工资卡都带过来了……

真是救苦救难的欧阳大智啊！

小愚做完手术，需要住院几天，我和欧阳大智轮流照顾她。这个时候，欧阳大智的近乎啰嗦的嘘寒问暖发挥到了作用，把小愚照顾得无微不至的。

一天我和欧阳大智一起出去买饭的时候，我问他：喜欢小愚为什么不和她在一个城市?

欧阳大智说，小愚不喜欢长沙，喜欢天气暖和的南方，大学毕业后就一个人跑来了深圳。自己因为比她早工作三年，目前正处于提干期，想提干之后申请调来深圳。

我说：你这么天天电话短信的轰炸小愚，不累吗?

他说：没办法，放不下心啊！

我这才得知了小愚的身世。小愚从小就没有妈妈，她爸爸在她七岁那年再次成家，把她丢在了爷爷奶奶家。小愚就和爷爷奶奶生活在一起。她上大学后，爷爷奶奶相继去世，小愚可以说是孤苦伶仃了。

我看着她长大的，知道她所有的伤心事和迷糊事，我想给她所有的爱，把所有的身份都扮演一遍才能安心。我常常在想，如果小愚的妈妈还在，那她肯定每天都会关心她穿得多不多、暖不暖、身体如何。如果小愚的爸爸还和她生活在一起，一定会来深圳看看她居住的地方、工作的环境……欧阳大智缓缓地说。

我看着欧阳大智，忽然觉得这个姓氏真不赖。

小愚出院后没多久，欧阳大智终于获得了提干的名额，单位已经批了他的调任申请，半年后就可以来深圳了。

这可真是个好消息啊！然而，更好的消息也传来了：小愚答应了欧阳大智的求婚，他们两个终于在一起了！

有时候，爱一个人，会变得十分啰唆，十分放心不下，好像这个人永远都活在你的牵挂之中，永远都牵动着你的一丝一发。

有人说，爱是在一起说很多话，而我觉得，爱更是嘘寒问暖，问到你烦，暖到你厌，再从这厌烦里生出幸福的花儿来，开枝散叶。

天寒地冻，世界浮夸，你遇到那个对你嘘寒问暖的人了吗？无论如何，请对他好一点，因为，他可是用全部的精力在爱你，毫无保留。

碰到这样的人，就收了吧！

第六章 【指南】

去爱，或者接受指南

如何终结一场异地恋?

1

我已经连续七个月没有见过我的男朋友了。芒果小姐对我说。

我一惊，这是什么概念?

按一个月30天来计算，整整210天，看不见，摸不着，亲不到，抱不来。真不愧是时尚杂志编辑，芒果小姐的话总是这样妙语连珠。我在心底盘算着，如果按分钟、秒钟来计算呢？哦天，想想就觉得够了!

我的好闺蜜芒果是我一直以来非常景仰的人。为什么这么说呢，因为她和她男朋友椰子先生谈了整整五年的异地恋，一个在上海，一个在深圳，成天见不到面，还能好好相爱，真是惊为天人啊!

没有办法，芒果小姐说，谁叫我们这五年的时间都不在一个地方，谁叫我们吵过架、冷过战、分过手、大骂着以后再也不要见面了可结果还是没出息地和好了?

她说得不咸不淡，我却听出了恩爱的味道，这还就算了，最受不了的就是他俩的电话粥，因为芒果喜欢按免提，一面敷面膜，一面聊电话。

椰子说：我是不是攒了三辈子的福才认识你啊。

我在一旁路过，差点滑倒，大叫着：你们够了啊，还让不让人安静地吃狗粮了啊！

芒果把头转向我，说：别误会，他话里的意思是：遇见你这么个百年难遇的奇葩，竟花光我三辈子的福气。

他们谈了五年，虽然全是异地，但芒果依然能够准确地捕捉到椰子每句话里的含义，这是一种特异功能，只有她才有，所以他俩真的是百年难遇。

芒果顺着椰子的话答道：那是因为我倒了三辈子的霉，才遇到你。我俩抵消了，就在这辈子碰到。

椰子在电话那头笑得跟抽筋了一样：哎我说，你既然这么想我，那我回去找你吧！

不来是王八。芒果甩掉眼泪。

继上次见面210天后，我终于又要见到我的男朋友了。芒果站起来，郑重其事地说。由于常年异地，每一次见面对他们来说都像是场仪式一般，非常重要。我这个骨灰级闺蜜看在眼里，知在心里。

把每一次见面都当重要仪式来对待，恐怕是每一对异地恋者共同的经历吧。

2

异地恋不好搞，这件事我虽没有切身体会，但已从我的好闺蜜芒果身上感同身受了。

我见过他们因为一件不起眼的小事发生口角，继而演变成吵架，最后上升为人身攻击的场面。一天打几十个电话，芒果的眼睛都哭肿了椰子还是不肯让步，两人在电话里吵得声嘶力竭。

晚上，芒果拉着我出去喝酒，半醉半醒之间，她问我：海欧你说我和他是不是不合适啊？这么吵下去我心都吵累了，我怎么会和这样一个傻×谈恋爱。

芒果关了手机，喝了十来瓶酒。和她闺蜜多年我深知，芒果是真伤心了，不然不会这样喝酒。她常给我灌输做人的理念，那就是不抽烟不喝酒，哪怕做个什么都不会的怂货，也要健健康康一辈子。可如今她却一瓶一瓶地灌酒，我拦都拦不住。

夜里两点，椰子打通我的电话问芒果的情况，我说你要是不想失去她，就别和她吵了，道个歉，好好过。

椰子那边响起火车汽笛的声音，他喘着气说：道歉这种事怎么会是我这种人干的！我已上火车，明天一早到深圳，你看好她，别把她放出去了，谢了，啊！

第二天一早，芒果一睁开眼，椰子正坐在床边看着她，她吓了个半死，差点没一枕头砸死他。

后来，他们约法三章，无论吵得多凶，都不许翻旧账、提前任、说分手。另外，不准关手机，要接电话，把话说开，谁都不许憋在心里。

看来，解决异地恋矛盾的最好方法就是，见面。一见泯恩仇，大概就是这个意思。

3

可是芒果和椰子见面并不容易。他们是大学同学，但两人真正开始恋爱的时候已经是大四下学期，而且那时候芒果已经在深圳报社实习了，椰子呢，留校备考研究生。

所以那段日子，他们几乎很少见面，芒果昏天暗地地工作，椰子昏天暗地地学习，不在同一个城市，并且没有相关的生活共同点，你想想，她接触的是人心险恶的江湖，一面要厮杀，一面还要提防自己沉陷。芒果是那种很纯粹的姑娘，学不来尔虞我诈，就把心思都花在工作上面，兢兢业业，真是个好姑娘。

椰子也不差，考上了复旦的研究生，读研期间，并不是那种“两耳不闻窗外事”的学生，相反，椰子很注重对社会和实事的观察与思考，写了一篇又一篇的社论杂文发表在《南方周末》《新周刊》等地，深受导师喜爱。

所以，他俩并非没有生活交集，我常常听芒果在电话这头告诉椰子自己的工作趣闻，以及又加薪了又升职了。而椰子则告诉她自己又有文章登上什么期刊拿了多少稿费可以给她买个好点的包包了。

异地恋，身虽隔，心犹聚，重点是，要让对方看到你积极健康的生活方式和优秀向上的人格品质，这样才能相互欣赏，不轻易被外界所牵走。

4

研究生读完两年后，椰子顺利考取了本校的博士生，算是硕博连读，到他读完，需要五年的时间。

椰子家并不是很富裕，芒果拍拍胸脯道：别有顾虑，放心去读，我养你！

椰子说：谁要你养，学校有生活费给我的，一个月两千好不好。

芒果说：好，那你养我吧。

椰子说：那你来上海啊。

芒果说：不去，我热爱深圳，你爱我就来深圳。

其实我一直搞不懂芒果为什么一直坚守在深圳，她又不是本地人，家人不在这里，男朋友也不在这里，况且椰子是博士了，以后在上海找一份好工作根本不在话下，她完全可以辞了这边的工作奔赴上海从此和椰子长相厮守。

芒果对我说：你不懂海欧，我有我自己的坚持和梦想，不会为了任何人任何事放弃我的梦想，即使那个人再重要。

当时我不太明白，后来我看了一篇文章，是说女孩子要有自己的心气，这点比什么都重要。我忽然有点明白芒果了，这果然是一个心气高的姑娘，据说心气高的姑娘浑身都闪着光芒，我想这大概也是椰子深爱她的原因吧。

从某种角度来说，他们是同等优秀的物种，相生相惜，所以才能顾盼生辉，生生不息。

5

历经五年的异地恋，椰子终于毕业了，他放弃了上海多个大公司的Offer，其中还包括联合利华和雀巢。

椰子来到深圳，就带了一个箱子，里面是简单的衣物和几本书。他说，芒果的家当太多了，让她带着这么多家当来投奔我，我就太不仗义了。所以我来找她，还能蹭她的家当，比较划算。

芒果捶了椰子一拳，笑得无比灿烂。这对坚持了五年异地的恋人，终于修成正果了。椰子来深圳一个月后，就拉着我们这帮朋友一起策划了一场求婚，在红树林，一帮小伙伴骑着单车，每辆单车上面都系着一个气球，上面写着：

芒果，嫁给我吧！椰子。

晚上在饭店吃饭，椰子也很有心，将他们五年来的火车票、电话卡全部收集在一起，和他们难得的、为数不多的旅行照片一起，做成一个VCR播放，感动一群单身汪。

那里面有段话，应该是椰子写的，十分好：

你有没有在冬天下第一场大雪的清晨想第一时间发信息告诉某人？有没有在火车站送别泪流满面哭得声嘶力竭的某人？有没有在凌晨三点钟拖个几十斤重的箱子只为早点见到某人？有没有一想到她就觉得人生充满希望，世界特别美好？

如果有，那你们是时候终结你们的异地恋了。

彼时，饭店里响起范范的歌，唱到“我愿意，每天在你身边苏醒”的时候，芒果哭了，从此，她每天一睁开眼，身边都是他，多么美好。而我更觉得，那句歌词是椰子的心声，是他不顾一切地跑来深圳，只愿每天在她身边苏醒。

这男人，真的很仗义。

6

我们历经千辛万苦，排除艰难困苦，为的是在一起，更多地在一起，更好地在一起，如果其中必须要经过一段分离，只要我们心中有爱，彼此信任，那又有什么关系？反正我最后要在一起的那个人还是你啊，怕什么。

而等到时机成熟之时，我们再一起，终结这场异地恋，从此以后，每天都在你身边苏醒！

结婚你怕了吗?

题记：你不可不知的新时代恐婚理由。

这事儿得从我和朋友K君的对话说起。

6月的一天，K君小窗口抖我说：三天后就要举行正式会议了，有点提心吊胆，双方家长正式会晤，这阵仗，我没经验啊！

看样子是要提亲了，我不紧不慢地说：要不要我现在发个淘宝塑身衣的链接给你，现在下单应该还来得及。

K君：啊呸！

忘了说，K君，一个大写加粗的男人，魁梧的胖子，胖得一身正气，胖得飞檐走壁，胖得生猛大义。

我说：你先和你媳妇商量一下，两个人先心里有个数，彩礼啊嫁妆啊日子啊什么的。

K君说：没商量。我和我媳妇也不知道自己那边都是多少钱。

我说：让她探探她父母的口风啊，看给多少合适。不然到时候会尴尬的。万一你家只打算拿十万，结果她家开口要三十万，那不是一万头羊驼了么！

结果这事儿还真被我说中了，他听了我的，去让他女朋友探未来丈母娘的口风，得到的数字还真是三十万。

这一下，K君就炸毛了。他在老家买了两套房子，钱都砸进去了，如今能凑个五万块当彩礼就不错了，K君年纪不大，没毕业几年，存款也不多。

K君：那就不结了！现在都这么贵？

我：倒也不是，主要看双方家庭条件和双方家庭价值观吧。

K君：前面的我理解，可后面的怎么说？双方家庭价值观，什么鬼。

我：就是一个家庭对待结婚这件事的看法，比如有些家庭，觉得只要两个孩子过得好，不在乎那么多形式，就不会在这件事情上刁难什么，但我见过一些家庭，男方家里情况一般，女方也明明知道，但就是开口几十万的，弄得十分不愉快，本来挺喜庆的一件事，搞得鸡飞狗跳的。

我还真见过这样的例子，或者可以这么说，这样的例子，在中国多了去了！结婚，成了一场猝不及防的债务由来，成了一个苦不堪言的负担，也成了一种莫名其妙的恐惧。

恐婚，怕是也有这层恐惧吧！

见过太多的家庭，因为结婚彩礼嫁妆，因为结婚买房买车买首饰，因为婚房装修，超出家庭所能承担范围，于是负上债务，一家人过得十分拮据。

有人感叹，结一场婚成本可真大啊！真的是结婚的成本大吗？领个证不到十块钱，摆个不铺张的酒也不会掏空家底，而那些附加条件，抑或是风俗人情，才是成本大的祸首。

其实在我看来，结婚，和许多事情一样，当量力而为，有多大力气干多大事情，再说了，如此冗长的一生，难道非得用一次结婚来丈量吗！

民间也有一种幽默的比喻，家里生了女儿的，称为“招商银行”，意为出嫁的时候，可以通过彩礼、房产来“招商引资”；生了儿子的则被称为“建设银行”，意思是，今后你要挣钱给他当彩礼，给他买婚房、买车等。

有一个朋友，她有一个弟弟，小她两岁，所以她结婚时婆家送来的彩礼，被她父母稳稳地接住，待她弟弟结婚的时候摇身一变，成了娶儿媳的聘礼！

她和我说起这事儿时，半开玩笑地讲了句：我感觉就是把我丈夫家的钱，拿来给了娘家的亲家，是不是弟弟得到这笔钱还不一定，万一弟媳妇家里也一个弟弟哥哥呢？

听完她说的，我开始脑补这样一个形似传送带的画面，如果这个画面被拍成镜头，我觉得可以起名为“一袋彩礼的国内旅行”，其中的分镜头可能数也数不过来。

我不止一次地听到身边的年轻男性朋友感叹，不敢结婚，不是不够爱女朋友，而是彩礼还没存够。

这真是一个荒唐的不婚理由啊——不是爱得不够，而是彩礼不够。彩礼不够，似乎已经成了阻碍婚姻大事的头号杀手了。

当高额的彩礼成为一种逼婚利器，这件本该欢喜的人生大事就莫名滋生出了几分恶意，带着逼人的气焰，令人战兢。所谓“逼婚”，就是这个意思。

我问过其中几个男性朋友，这些所谓的彩礼究竟包含哪些？得到的回复是：

××万聘礼。

一套新房，精装修。

大城市里首付的钱。

车子。

存款。

同时这些项还会组合起来，一起围攻男方家庭。我父母的一些同事，生了儿子，都在退休前拼死拼活为孩子挣彩礼。

男孩要穷养，在这里应该应景地写成：养男孩，穷。

我爸妈单位同事的一个儿子，在北京发展，月入一万，想和谈了三年的女友结婚，结果女方开的条件是：须在北京有套房。

都是工薪家庭，这上哪生出一套北京房产啊！两个老人急得团团转，后来那姑娘就和自己父母做工作，说能不能降低一下标准。那边父母说，也成，那至少凑个北京三环三居室首付吧。

最后这桩婚事黄了，两边都闹得挺僵的，男孩的父母那段时间老了不少。我爸妈和我说起此事，感叹道：都是为人父母的，相煎何太急呢？

还有一个熟人，家里为了给他买房，负了几十万的债，这些债务都落在了父母日渐苍老的肩头。后来他们家遭受了一场变故，父亲去世了，这笔债落在了小两口自己身上。他们节衣缩食，连聚会都不敢参加，怕AA买单，日子过得捉襟见肘。

但就是有许多家庭，明知道对方家庭状况如何，也要去逼一把，好像没给那么多彩礼就是不爱自家闺女似的。也有很多这样的家庭，明明晓得自家经济水平，也要硬着头皮去借债，一辈子没求过人，如今拉下老脸，竟只为孩子的一场婚事。

说真的，你不觉得，结婚是两人自己的事吗？为什么要牵扯进这么多无聊的条件？K君问我。

当然，K君最后并没有因为这件事和女朋友分手，他的女朋友深明大义，认为没必要在这件事情上闹下去，就劝了她妈，这事儿就给过了。

用K君的话来说就是，我又不是不上进，我又不是不挣钱，难道就非得用彩礼来验证我的价值吗？现在的我一步步走得踏实诚恳，为的也是给我们的未来构建一个更好的环境啊！

还是那句话，有多大力气干多大事，婚姻是以爱为名的一场情投意合的缔结，而不是逼人的利器。量力而为，量力而行，谁也别为难谁，就是莫大的珍惜。

末了，只想问单身青年们一句话：结婚，你怕了吗？

一场仪式一场人心

1

就在我们这帮损友把份子钱都准备好了的情况下，老冯和简宁这对陈年恩爱CP忽然宣布分手，毫无征兆地，杀我们个目瞪口呆，片甲不留。

老冯，人称冯二马，因为姓冯，长得人高马大还犯二，于是大家亲切地叫他冯二马。这厮是东北那旮旯里的，来深圳好几年，居然学会了粤语，有时候常常会因东北话与粤语的转换问题受到朋友们的歧视。

简宁，南方姑娘，但个子很高，所以和老冯站在一起那画风简直太搭了。你可以想象一下，一个175的姑娘和一个190的男人，那气场，走到哪里都分分钟甩我们一条街。

这俩二货谈了有差不多六年了，还真够久的，其间也是吵吵闹闹，但都没上演过分手，算是长情。此外，这俩人都是秀恩爱党，平时发朋友圈就算了，还要一起发，一张Kiss的照片还一起用，真是烦死了，我们很早就屏蔽了他们的朋友圈，不然早就友尽了。

所以，他们俩也是我们朋友堆里非常长情且深情的一对了。

可是，就在所有人都以为他们要结婚了的时候他们居然分了。

2

我第一个坐不住，直接杀到简宁的老窝。这妞虽然和老冯在一起六年了，但始终不和他同居，选择各住各的。老冯在深圳有套房子，简宁也会去那儿一住好几天，但绝不搬出自己的房子。

用她的话说就是：万一哪天吵架吵凶了呢，总不至于被一个男人说滚出我的房子吧。

相当独立的姑娘。

我杀到简宁那里的时候，她正在敷面膜。我说：你疯了吧，这个时候分什么手，你都多大了！

她清清淡淡地说：老娘看透了。

我一怒之下把她揪到洗手间一把扯下面膜，被她肿得跟核桃似的眼睛吓了一大跳。这货哪里是在敷什么面膜，就是找个东西盖住哭红的眼睛而已！

我把毛巾打湿水，给她洗了把脸，她的眼泪哗啦一下，流了下来。

聊了半天才知道，他们分手居然就是为了一个求婚而已。一年前，简宁就时常装作有口无心地在老冯面前提起她作为亲友团参加的求婚，详细到会把场地布置、活动流程都说得清清楚楚，明眼人一看就知道，这绝对是成心的。

可老冯不知道是太二了没看懂，还是看懂了装二，总之，就是迟迟不提。一年了，365天了，一个心气颇高、无比独立的姑娘彻底丧失了耐心，提了分手。

我问她，求不求婚有那么重要吗？那谁谁谁不也没求婚吗，直接就结了，现在过得要多恩爱有多恩爱。

简宁说：我才不要，人家是那姑娘怀孩子了才匆匆结的婚，我每个月亲戚按时来从未迟到，我干吗要妥协？我都和他谈了六年了，连个婚都不求，摆明了不负责任，没把我当一回事！

好吧，这一根筋的姑娘，我也是醉了。我接着就打电话把老冯叫了出来，约在安子家的奶茶店。安子是我们一群损友当中最先过上自由生活并且发家致富的家伙，虽然是开奶茶店，但好歹连锁了五六家，也算是品牌创始人了。

3

老冯顶着两个大大的黑眼圈杀气腾腾地冲过来，一看就是失恋加失眠，这两天过得相当悲惨。

他一来就冲我吐苦水：六年了，我连别的女人的手都没碰过，就这么死心塌地地和她在一起，带她见过家长，认识我所有的朋友。从小恐高，她要去蹦极，我二话没说就把双腿和她绑在了一起，妈的老子跳下去的时候想的都是如果能和这死女人一起摔死了也值了……你说，她就非得在最后关头这么事儿逼，还他妈的说分手就分了！大爷的！

老冯一激动，东北话又出来了。

我说：既然连死都不怕了，为什么不肯向她求婚？

老冯一愣：求婚？求什么婚？要怎么求？不是，我求了啊！

这句话信息量太大，我一下子没反应过来。

老冯接着叫屈：我怎么没求，上个月，我把房子的房产证拿出来给她看，说找个时间咱俩去把她的名字加上去，然后再挑个黄道吉日去领个证……你说，我他妈说得这么直白，傻子也听懂了吧！你说，她是不是傻啊！

老冯急得恨不得摔了手上的奶茶，我这回算是听懂了，对他说：谁傻？你傻！

老冯一百万个不相信，跳起来，瞪着我。一米九的东北大汉，凶得要命。

我说：你先坐下，听我慢慢说，你俩之间有误会。

他这才老实下来。

我说：老冯，你转动一下大脑好好想一下，一年前，简宁是不是经常和你说一些闺蜜被求婚的事情？

老冯抓着头想了一会儿，说：好像是有，这怎么了。

我说：她说的那些场景，可能都不是真的。

老冯又一个激灵，跳起来：那娘们居然骗我?!

安子走过来一脚差点没把老冯给踢跪了，安子说：你丫的能不能安静点，这他妈是奶茶店，不是酒吧。

老冯立马乖成孙子。

忘了说，安子跆拳道红带，牛×轰轰，戴上墨镜绝对是黑帮老大种子选手，老冯这货看着人高马大，其实压根儿不禁打，以前连简宁都打不过，直嗷嗷，所以哪里是安子的对手。

老冯安静下来，表情幽怨：那她为毛要骗我？

我说：因为你傻。

老冯看着我，一张十万个为什么脸。

4

我说，老冯，你有没有听过一句话叫作善意的谎言？不用解释了，你这二货肯定不懂。这么和你说吧，简宁那也不叫欺骗，充其量只能算是循循善诱，就是她可能没去参加那些求婚，只是自己YY了一下，编出那些求婚场景回来描述给你听，希望你记住，回头依葫芦画瓢给她来一场，懂？

老冯苦思冥想了半天，说：不就是想要我拉一帮朋友，不告诉她，策划个什么鬼活动，然后我跟个傻帽一样大喊简小姐快嫁给我吧！这有必要吗？直接去民政局把证领了，再去房管局把房产证上加个名字，回头再摆个喜酒，不就完事了吗！整那么多伤脑筋的活儿做什么，太事儿逼了！

安子路过我们桌子，听到老冯这番话，忍不住要加入我们的聊天。安子说，我跟我老婆就没有求婚，两个人觉得差不多了，就直接打商量，什么时间领证，什么时间拍婚纱照，什么时间摆酒。

我说：安子，每个女人的想法都不一样的，你老婆可能不在乎求婚，但简宁那妞就贼在乎，说白了，求婚这玩意儿，在你媳妇眼里，可能就是个仪式，有没有无所谓。但在简宁心里，那就不仅仅是仪式，还代表承诺和用心。

老冯说：呸！啥用心不用心的，哥房子都给她了还不用心啊？你们女人就是事多。

说归说，最后老冯还是拉着安子在他奶茶店捣鼓了一场小型的求婚，简宁事先不知道，被安子媳妇约过来，然后感动了，答应了，最后领证了。

作为整个事件的全程见证者，我不得不在皆大欢喜的结局中冒出一个想法：万一老冯赌气没有向简宁求婚呢？那这段六年的感情是不是真的就付诸东流了？我不敢想，也不愿去想，但我能肯定的是，老冯爱简宁，非常爱，只是有时候神经大条一点，心思不够细。而简宁呢？当然也是深爱老冯的，只是性子倔，非得人家给她这么一场仪式才肯就范，你说急不急人。

5

求婚仪式真的很重要？

我把这句话发到同学群里，很多同学回答了这个问题，因为毕业几年的我们，确实都曾经历或正面临这个问题。

我发现，回答者的意见大致分为两拨：已婚和未婚的。未婚的，尤其是女生，格外在意和重视求婚，觉得如果男方不求婚，就太不可理喻了，不管经济水平如何，求婚都是有必要的，她们和简宁的态度一样，都觉得所谓求婚，就是一种承诺，是检验男朋友是否用心、真心的标准。

其中一个女同学还明确表示，求婚不是一场表面的做戏，事实上，这是一个男人对这段感情的总结，所以求婚往往要有亲友见证，要有一段感人的VCR回顾两人相识相知相爱的点滴历程，这些，无不体现着一个男人对这段感情的重视程度。

另一位女同学接话表示，求婚的策划和部署也很重要，一场好的求婚，应当是男方对自己女朋友所有喜好的总结，这其中包括场地、装饰、求婚方式甚至现场音乐，无一不是女孩子平日里的喜好，有没有用心，一场求婚便知。而对于一个连婚都不愿意求的男人，则没必要嫁了，至少从这件事情上可以看出，这个男人没那么在乎女朋友，连求婚这点心思都不肯花。

男同学看到聊天内容，忍不住跑出来叫板：那照你们女生这么说，不求婚还就代表不爱了？求婚了就能一辈子恩恩爱爱不吵不闹了？

一个男生说：我爱我女朋友，但我不一定和她求婚，因为我觉得我们的感情是自然而然的，水到渠成的，商量着领证摆酒就好，何必整那烧钱又烧脑的东西呢？

另一位男生说：我认为感情是非常隐私的一件事，我不可能把我们恋爱的点滴都录成一个VCR拿到众人面前播放，我觉得那简直太作了。我爱不爱她，爱她到什么程度，不是一场求婚就能说明的，而是从平时的相处中显示出来的，我相信她能感觉到。

未婚的同志们吵得差不多了，已婚的同志们就出来了，他们普遍觉得求不求婚真的不重要，求了婚的表示，当时说的“以后保证不惹你生气”“你说什么我都听”这些誓言，在婚后基本都作废，而且求婚时请了一大帮亲友，除去现场布置，完事后还要请大伙吃饭唱歌，花了不少钱，连当时的女朋友现在的老婆大人都觉得太浪费了。

一位没有经历过求婚就直接步入婚姻的同学表示，没有求婚，也没有什么影响，日子照样过着，没有什么缺憾的感觉。

而另一位已婚同学则表示，老公当年给她求婚非常浪费和用心，她现在想起来都会觉得好幸福，觉得这是人生一大重要的经历和宝贵的回忆。

6

求婚仪式到底重不重要，这真是一件众说纷纭的事情。我有朋友通过求婚而幸福结合，也有绕过求婚而直接终成眷属的，更有差点因求婚而分道扬镳的。对于这样一个越来越盛行的仪式，我想说，重不重要的，当是如人饮水，冷暖自知。

如果你们都觉得求婚很有必要，那就去求，去让亲友见证。如果你们都是极简主义者，觉得没必要整这么一个繁文缛节，那就删掉跳过，直接结婚。毕竟，这是一个仪式越来越盛行的年代，也是一个越来越不羁的时代，许多人连婚礼都省略不办，直接旅行结婚，不一样甜蜜恩爱，幸福美满？

结婚是大事，求婚是仪式，莫因误判误终身，也莫因仪式毁前程。婚姻是场双人行的前程，行得好，前途无量，行得不好，一辈子，你真以为会有多长？

你会嫁给无条件爱你的人吗

我曾以为所有的情深都会修得正果，却不想世界上还有一种被称为条件的东西。

1

涛哥和小静是那种走到哪里都很闪耀的情侣。涛哥个儿高，一米八三的块头使得他在南方的城市里有种出人头地的姿态。即使个儿再高，涛哥也是昂首挺胸，谁叫他身边有个一米七的姑娘呢。

要说造物主就是这么造化弄人，把明明已经高出翔了的俩人配对在一起，这让我们这些腿短胸小的人怎么办？还要不要妄想下一代的基因改变了？

小静本来是南方人，但她自己也搞不懂为什么窜到一米七的身高。她把这一点归结于幸运，是啊，就是为了他日和涛哥并肩站在一起，上天才赐给她一个疯长的少女时代。整个青春期，小静最大的体会不是月经初潮的慌乱也不是胸部发育的带感，而是骨骼节节拔高的生长声音。

“咯咯咯”，就连睡梦中也能听见，然后一个腿抽筋抽得她想死。

自打她遇见涛哥，身边所有的人都用“登对”来形容他俩。怎么个登对法？

身高前面说过了，这是能入彼此法眼的第一凭证。

然后是外貌。这个世界的人类只分为两种——外向的外貌协会会员和内向的外貌协会会员，前者会将这一特点在任何场合展露无遗，后者则在心里默默地打着小九九。然而这两种人见到他俩都会由衷地感叹一句：绝配的高颜值CP！

接下来是内在的，俩人都是名校毕业，学霸级别的。

再诸如一些细节的东西就不一一列举啦，因为在相爱面前，其他的还真不重要。

这是小静的原话，我和她做了十年的同学，她有事情基本不会瞒我。

2

涛哥刚开始追小静的时候，可以说是加足了马力。

涛哥有辆二手雅马哈，据说是他叔叔的，后来叔叔去外地做生意，这辆雅马哈就成了他的坐骑。

穿上皮衣皮裤的涛哥简直帅到无法直视，他从这个城市的最东边飙到最西边，只为每天早晨给小静送一杯豆浆。

有天早晨，涛哥骑快了点，拐弯的时候把自己甩了出去，被送进医院，腿上绑着厚厚的石膏。

小静就这样，成了涛哥的女朋友。原来最感动女生的并不是每天清晨的一杯豆浆，而是因为豆浆而摔伤。

3

一般情况下，恋人的身份是分好几种的，有的人像父亲，师长，有的人像哥哥，有的人像朋友，还有的人像对手。涛哥属于第一种。

他们在一起以后，涛哥待小静简直比亲闺女还亲，尽管他还没当爹。涛哥常说，如果以后他们生了个女儿，他还是最疼小静，因为女儿是上辈子的情人，而小静是这辈子的，无法替代。

据说一个男人爱到极致，不是把妹子宠成公主，也不是孝敬成女王，而是捧在手心里像亲闺女一般呵护。通过涛哥，我对这句话深信不疑。

小静是独生女，从小娇生惯养，一身的臭毛病。二十来岁的姑娘，不会做饭，不会做家务，家里乱得狗窝似的，每回都是我们一帮闺蜜去找她玩时实在看不过去了帮忙收拾的。

涛哥把小静的大事小事全揽了，小静不会做饭，他每天下班回来给她煮好吃的，知道她爱吃甜品，特意学了很多甜品制作方法，换着花样做给小静吃。

小静不做家务，涛哥把家里收拾得干干净净，连小静的衣服也全洗了，包括内衣和底裤，真不知道一个大男人是怎么做到的。

我们每次打趣涛哥，他非但不生气，还特自豪地说：这有什么难的，静静是我闺女啊哈哈！

小静也不避讳，每回都乐呵呵地喊涛哥“老爹”。

涛哥不仅像老爹一样宠着小静，更是用尽全力来成全小静想要的。比如成全小静的工作，搬到她公司的对面，小静每天可以睡到八点多起床，而涛哥六点多就得起来，地铁要转乘两次，还要倒一趟公交，才能到公司，累成狗。

小静爱发脾气，涛哥全接，不管是什么原因都是自己的原因，不管是谁错了都是自己的错。

看看，这就是涛哥，无条件宠小静的涛哥。

4

我们原以为，照他们这样发展下去，过了本命年大概就谈婚论嫁了，毕竟这样的恋情，大家都十分看好。

小静是四川的，父母都是公务员，家境不错，一直想让小静回家乡。小静毕业后径直跑来深圳，倒不是真有多大的野心和壮志，也就是年轻想出来外面的世界看看，看个两三年了，差不多了，就该回去了。

这个时候，老家在河北的涛哥，做出了一个令所有人大跌眼镜的决定——他愿意跟随小静回四川！

一个一米八三的堂堂男儿啊，竟然为了喜欢的姑娘，愿意从深圳奔赴四川，最关键的是他的籍贯为河北，这得需要多大的决心和勇气啊！

临行前，我们一起吃了饭，小静一脸幸福地说：以后多幸福呀，可以和爹妈还有涛哥在一起。

涛哥一脸宠溺地看着她说：是啊，除此之外，我还会努力挣钱，让你过上更好的生活。

多想这是一个普通的童话故事：到这里，王子和公主终于过上了幸福的生活，完。

可惜不过是场未完待续的镜头。

5

他们回去一两年后，我们惊奇地发现小静朋友圈的男主角换了人，不是涛哥了！再看涛哥朋友圈，发了两条伤心颓废的文字。

我连忙联系小静问怎么回事，小静说：海欧，我真的很想和涛哥就这样过上幸福的生活，可是他没办法做到让我幸福啊……

我以为涛哥出了什么大事，小三或者绝症那种，吓得赶紧追问，这才知道，原来，是小静松开了涛哥的手。

那时候他们刚回到四川，涛哥住小静家里，没办法，涛哥是普通家庭长大的孩子，又才毕业两年，没有能力在成都给小静买套房子。

住在女朋友家里的滋味，涛哥不说，我也猜得到，肯定好不到哪去。

涛哥不想小静的父母给自己安排工作，他虽然是跟着小静过来的，还住在她家，但作为男人的基本自尊时刻提醒着他，他是为了爱情，而并不是来当上门女婿的。

涛哥自己出去找了份工作，在地产公司做销售，卖豪宅。没有人脉又没有关系的涛哥，卖了几个月都没卖出一套豪宅，每个月领着一两千块的基本工资，除去吃喝和路费，别说给小静买房子了，连个包包都买不起。

一开始小静还在和父母对抗，说要给涛哥时间，涛哥挺感动的，辞去了地产销售，进了一家金融公司做市场推广。工资条上的数字是比之前高了不少，但比起房价，还是少得可怜。

这个时候，小静已经25岁了，她以前就和我说过，女人一定要在

25岁结束之前把自己嫁出去，因为过了这个年龄，就开始衰老了。

然而涛哥还没存够彩礼和首付，并且工作方面也毫无起色，小静妈妈的脸色一天比一天难看，说的话一天比一天难听。

慢慢地，小静似乎对父母的表现，不再那么抵抗了。

涛哥自尊心涌了出来，他搬出了小静的家，去外面租了房子自己住，如此一来，开销又变大了，每个月还要多出一千块的房租水电。

日子好像变得越来越艰难了，而最艰难的并不是日子，而是人心。

刚开始，小静还会经常去涛哥的住处，到后来，去的次数越来越少，姨妈还能月月光顾一次，而小静，可以一两个月都不去涛哥那儿了。

感情发展到这个地步，大概是哀莫大于心死了。

涛哥默默地离开了成都，小静妥协地接受了家里安排的相亲，找了个条件很好的男孩。

海欧你知道吗，这两个男人对于我而言，简直是天壤之别，一个是无条件对我好，另一个呢，有条件。小静说。

我说，条件啊条件，条件就有那么重要吗！

恋爱的时候，一个无条件对你好的人胜过弱水三千。但一旦要谈婚论嫁了，还是需要一个有条件的男人，给你房子和车，给你稳定的物质保障。我是个胆小鬼，不敢想象跌沛流离的生活。

我放下电话，因为已经不知道该说些什么。

曾经我以为爱情可以克服所有的障碍，只要爱得深，完全能够披荆斩棘打败一切。可最后还是败给了需要物质条件的婚姻。

或许对于一些姑娘来说，爱情与婚姻本就是两码事，就像小静这样，找个无条件对自己好的人恋爱，然后发现等不起了，就转弯，去往另一个有条件的港湾，那里可以让自己衣食无忧。

爱情往往可以很简单，只要相爱便已足够。婚姻似乎要复杂得多，得考虑家庭以及孩子以及更长远的未来。

不可否认，当爱情需要向婚姻过度的时候，是需要理智和深思熟虑，但究竟是选情深还是选物质，每个人的选择可能都不一样。有人觉得可以和穷小子一起奋斗，有人则觉得看不到未来，倒不如先成全了自己，过得安乐点。

如果是你，会怎么选？会嫁给那个无条件爱你的男人吗？

姑娘，恨嫁之心不能有啊

何姑娘年方二八，28岁的那个二八，这个年龄在深圳来讲，完全还是一小年轻，可往老家一搁，坏事儿了：这老姑娘咋还没嫁出去呢？

何姑娘也不是单身惯了的姑娘，来深圳这几年还是谈过几个男朋友的，但那会儿才二十出头，谁也没有往结婚方面去想啊！你说说，一个刚毕业的大好女青年，不投身于工作和自我提升中去，谁会着急着结婚啊！

可这不急不急，一下子就过了据说是女人年纪分割线的25岁，然后岁月不饶人，这岁数“蹭”的一下就往上连跳三级，直接奔三了，先前谈的那几个对象，也都一个一个掰了。

眼看马上要回家过年了，何姑娘急得要死，今年回去，势必又是一场恶斗啊！她人在深圳，就已经感受到了湖南老家杀气腾腾的家族批斗会，去年过年她回去，据说情景是这样的：

小何啊你知不知道你23岁的表妹都已经见过男方家长了！

你那比你小两岁的堂妹啊孩子都会走路了！

大表姑的儿子也就是你表弟，刚送了喜帖过来，年初五摆喜酒呢！

……

小何被一堆亲戚围攻，回深圳和我比画着当时的情景，扔下一句话：老娘恨不得当场剃度去当和尚算了！

我说：阿弥陀佛，你当不了和尚，最多只能削发为尼。

何姑娘一个枕头砸过来：还能不能愉快地合租了？！

何姑娘是我在深圳的室友，我们合租了一套两居室，共用厨房客厅洗手间。这家伙懒得要命，平时除了加班，什么也不会，和我一样。

听说，厨艺好的姑娘运气都不会太差。所以，我们两个运气都不太好。我唯一比她好点儿的是，我比她小三岁，所以暂时还没有她那么耿耿于怀自己还未成婚这件事。结婚嘛，不迟早的事吗，我才不会做一个孤独终老的傻女人呢。

不过前提是你得有啊，有啥啊？有男人啊！于是就只能呵呵了。

何姑娘比我急，所以，在她即将满28岁的这一年里，她学了好多本领，这些本领都是为嫁人做准备的。

比如厨艺，她还真就学会了，不仅煲得一手好汤，烧得了排骨，炸得了鸡翅，炖得了蘑菇，就连烘焙这种在我看来纯属浪费时间的事，她居然都交钱报班去学了。

说好了一起孤独终老，你怎么就半途而废了呢？我泪光点点地问。

少废话，老娘二八了二八了二八了！你这种才二五的女人不会懂。

呵呵，说得我好像是二百五似的。

聪明女人第一招：要想拴住男人的心，首先就得拴住男人的胃。何姑娘一边熬着莲藕排骨汤，一边喜滋滋地说。

学得一身技能之后，加上本身条件不差，何姑娘信心十足地注册了相亲网，从此踏上相亲之路。

可这年头，出来相亲的不一定是男人，还有可能是婚托，不过愿意给何姑娘当婚托的男人估计没有，她又不是什么富婆，就一CBD里加班成狗的小白领而已。

所以和何姑娘约见面的大多也是大厦里工作的小白领什么的，也大多不到三十岁，这帮男人哪里会想到结婚啊，顶多就是看到何姑娘的头像还算养眼，就约了。

见面的地方何姑娘一般都选咖啡馆，整洁，明亮，有品，比较符合她的气质。她一边喝着咖啡，一边和对方聊着天，等着对方问她的家庭状况，星座血型。

相了几次，何姑娘还是孤身一人。她懊恼极了，有一次她把我拖去当眼线，坐他们旁边的桌子上观察他们的相亲过程，然后回来给她做分析。

我坐在他们旁边的桌子上，捧着一本东野圭吾的《解忧杂货店》，其实啥也没看进去，毕竟我是眼线嘛。

何姑娘那天的穿着还是很得体的，A字裙，细高跟，化着淡妆，但睫毛刷得特别长。那天的相亲对象是一个戴着眼镜的男人，看模样估计也就二十八九岁。果然，听他们聊天，何姑娘开心地说：

哎呀你也××年的呀！我也是！我们都属牛哦！

男的扶了扶眼镜，仔细看了看何姑娘，说：是嘛，是挺巧哦！

就这样，两人开始聊天。一开始男方还挺主动的，问何姑娘读的是哪所大学、念的什么专业、平时有什么爱好。

本来是极其普通的问题，到了何姑娘那儿就变成自白书了。她开始隆重介绍着自己，从出生开始，把自己的家庭、学校、工作一一细说，连那莫须有的“我妈给我算了命的我28岁这年会遇到那个人会结婚”这种话都能编出来，我看到，那男的顿时窘到不知说什么了。

然后何姑娘又开始介绍自己的爱好，她说：我最大的兴趣爱好就是烹饪，会做饼干，会做蛋糕，还会做葡萄酒，我非常享受给家人做饭的感觉。

我都快听不下去了，差点中途溜掉。

然后，何姑娘让那男的自我介绍一下自己，男的脸上汗都出来了，像面对HR的面试一样，僵硬地介绍自己。何姑娘还笑着问了对方的家庭情况、工作情况等等。

回来以后，我语重心长地对她说：你让我想到了朱德庸漫画里的那个“结婚狂”，台词就挂在脸上——我要结婚，我要结婚！

她不以为然：然后呢？

然后，你这样是嫁不出去的。

她一脸惊讶地看着我问：Why？我这么努力。

我说，就是因为你太努力了，努力过头了，你从头到脚都写着俩字——恨嫁。你觉得每一个相亲对象都有可能是你的丈夫，你和盘托出你的家底，还把自己塑造为一个贤妻的模样，你这样是会把男人给吓跑的。

见她依旧迷茫，我继续说道：就算你想早点把自己嫁出去，可你也不要表现得太过于明显啊，而且婚姻这种大事，岂能一锤就定音的？这是一件欲速则不达的事！你想想看，人家男的可能一开始只是觉得你比较顺眼，想先见个面吃个饭，轻轻松松认识先。结果你上来就是各种介绍，弄得人家压力山大。毕竟，婚姻的前提还是要有爱情的不是吗？你也不想草草地就找一个男人结婚吧，这样对谁都不负责。

虽然我们都高喊着“不以结婚为目的的恋爱都是耍流氓”的正义口号，但如果一见面就抱着以结婚为目的去交往，对方未必情愿。

何姑娘安静下来，若有所思。

我看着她，忽然想起我之前的一个同事来，也是个二十八九的姑娘，和男朋友谈了大概三年，可男朋友不知是咋的，就是迟迟不肯求婚，那姑娘每天来上班，心却在男朋友那儿。茶水间碰到，拉着你说：哎我跟你说啊，我昨天特意把电视调到电视剧《我们结婚吧》，他跟着我一起连看了三集呢！你说他会不会明白我的暗示啊？

要么就是在洗手间碰到，隔着挡板门，也不忘跟你唠嗑：昨晚他妈妈打电话来问他准备什么时候结婚，你说他应该快向我求婚了吧？

再就是中午吃饭，天呐，快要被她喋喋不休的“昨天我男朋友……你说他是不是准备向我求婚了啊？”烦死了。

每次都挺想回她一句：我哪知道啊！可又觉得面子上过意不去。好好的工作时间，全被她用来思考和唠嗑男朋友什么时候求婚了，一样正事都没干，没多久，她就被公司辞退了。前两天刷到她的朋友圈，还是在发“××和××结婚了！好幸福啊！好希望自己也能披上洁白的婚纱，走进神圣的殿堂……”

我不知道她的男朋友每天听到、看到自己女朋友的这种恨嫁行为，会做何感想，但我知道，他一定知道她想嫁，可他却迟迟不肯提婚，要么是还没准备好，要么就是不想结。既然如此，又何必没完没了地四处暗示、炫着恨嫁呢？

这种行为，和炫富类似，都是一种病，自己活得忘我，周围的口碑也不好，真是损人又损己。

姑娘，不管你年方多少，催婚多少，请记住，精彩的自己比任何无效无聊的事情更重要。那些催婚的，让他们去催吧，你又不是和他们过。至于你的年龄，你大可不必焦虑。你若盛开，清风自来。先修炼好自己，再以不期之心，换终身所期，不是很好吗？

毕竟连爱情都是这么小概率的事件，更何况这千万分之一的婚姻啊！慢慢等待，总会来的！

择偶，还是寻爱？

题记：人生最大的惊喜就是，以不期之心，换终生所期。

据说在这个匆忙的世界有一套奇葩的定论：大龄单身青年会被各种催婚逼婚，继而无奈只能选择去相亲，相亲时必须要有主见，这个主见，指的就是自己的择偶观念。所以，大龄=择偶，似乎成了一道真命题了。

诸如身高、诸如收入、诸如地域，一条条标准列出来，就好比是考试时做完了一套试卷一般。

我表姐今年也到了“再不嫁你就贬值了”的29岁，据说女人一过30岁，所有的择偶标准都得下调一个百分点。所以家里急得要死，最近把她拉去一个以“缘分牵线”而闻名的相亲公司报了名，一到周末，表姐就被绑架了，一天要赶三四个场，累得气喘吁吁。我问她相亲感受如何。她窝进沙发里发出绝望的嘶吼——

老娘相得想死的心都有了！

不至于吧，话说我表姐条件非但不差，还可以说相当好，武汉大学毕业，要模样有模样，要身材有身材，还在事业单位有稳定工作。这样的姑娘，绝对是各相亲机构的VIP级别女嘉宾啊！

我不解地问她发生什么事了。表姐一边揉着太阳穴，一边向我抱怨道：你不知道，现在的相亲市场太混乱了！一去就得填择偶标准，其实我是一个很随和的人，我相信缘分你懂的，所以我就在择偶标准那一栏里填了一个字——无，这下好了，这两周的相亲对象，不是武大郎身材，就是样貌奇丑，还有二婚带孩子的大叔！你说我是不是给跪了?!

我说，那你找相亲公司退钱去啊！这哪是相亲啊，街上拉皮条都比这招来的好！

哎我说你说啥呢！找打呢！表姐一个枕头砸过来。你就知道我没找啊，我找了，人家说是我的择偶标准没填，怪不得他们。表姐愤愤地说。

原来，这个相亲机构所谓的“缘分牵线”，就是把每个会员的资料录入电脑，再根据系统进行自主配对，从而选出和你的标准匹配度最高的异性。由于表姐的择偶标准填的是“无”，所以系统就给她配来了各种奇葩，因为他们的条件不好，对另一半大多也没有什么要求，大概只要是个女的就成。所以表姐就这样被速配了过去。

这么说来，那些优质的男士都被要求高的姑娘给配走了？我问道。

鬼知道。表姐气还没消。

要不这样，我凑过去对她说，咱们把择偶标准也上调一个高度，看看能不能碰到个骑白马的！

只要不是唐僧就好。表姐撇了撇嘴。

在我们的缜密探讨下，以及上网搜查了各种择偶标准指南的火帖之后，一套全新的择偶标准被录入到表姐的相亲登记资料。大概是这样的——

身高：175 ~ 185厘米。据说这是帅气男人的标志。

收入：年薪四十万以上，因为表姐自己是十五万。我们上网查了的，一个和睦的家庭中，丈夫的收入比妻子多1.5倍是最适宜的。

学历：硕士以上。表姐是武大的研究生毕业，网上说两个人只有学识相当，才会有更多的共同语言，我们将信将疑地写了上去。

婚恋经历：无婚姻经历。网上把这点说得很重要，说什么不要相信“离过一次婚的男人都是宝”这一荒谬的说法，要找一定得找个初婚的。

家庭情况：父母健在且婚姻未破裂。这一点网上也说得很详细：在一个完整的家庭环境下成长起来的人，要比单亲家庭的人格更健全，因为有父爱和母爱的双重滋养。我们想起来有个亲戚还真是这样，他小时候父母离婚了，他跟他爸过，从小就被灌输“女人都是骗子”的思想，因为他妈妈和别人跑了。这个亲戚长大后不相信任何女人，也不谈恋爱，快四十岁了还没结婚。

资产：要有房产，没有贷款。这一点有点难，可表姐的择偶年龄一栏里填的是30 ~ 35岁，网上说在这个年龄阶段的男人必须有一套不动产，否则要么是二十岁出头的毛头小子，要么就是混得太差能力有问题。

然后就是一些性格人品方面的要求，这个比较难把握，因为是软性指标，人家怎么填都可以，主要还是要看日后相处中显现出来的真实品格。所以我们就填了一些泛词，诸如：正直，大方，善良，有责任感，顾家，有爱心，有孝心……

同时，表姐也把自身条件填得更详细了，包括自己的收入和学历。

递交后，我们在家等待着“符合标准”的男士出现。等了一个月，毛都没有。我们打电话去相亲公司问，结果人家的回答令我们十分惊讶，他们说，你的择偶标准太高了，还写着必须每一条都要符合，这太难了。十个条件中，我们可能有男士满足了其中八条，但身高只有170，就没法约你了，或者是学历不是硕士只是个本科，也只能弃权了。要不，您降低一些标准？或者把一些标准列为首选，其他的列为次选，分值接近即可。对方建议道。

我不改！表姐生气地挂了电话。

再后来，表姐就不再相亲了，任家人怎么催，怎么逼，都不肯去。

表姐说：经过这件事我终于明白了，我差点做了多么荒唐的人生决定！我虽然奔三了，可这不妨碍我继续寻找我的爱情啊！如果他只是在这样一个条条框框的择偶标准下得来的产物，那他只是一个分数较高的优秀学生，但并不是我的MR.Right，从某种意义上来说，有这种条件的男人大概符合所有女人的择偶标准，这么说来，他岂不是“人尽可妻”了？

我听了若有所思。

我想起我有一位亦师亦友的朋友，她36岁才遇见现在的先生，如今结婚五年了，甜蜜和睦，相亲相爱。

我记得她33岁那年，我们几个小伙伴都挺替她着急的，深怕她以后会越来越难遇到真爱。但她相当镇定自若，不慌不忙，该看书看书，该瑜伽瑜伽，该旅行旅行，生活得有条不紊，阳光明媚。

她和我说过，人生最难的是寻爱，许多人匆匆忙忙地认识，草草率率地结合，最终发现爱情太稀薄。而人生最大的惊喜就是，以不期之心，换终生所期。

后面那句话我当时不懂，现在逐渐明了。原来她那时并不是不想爱，只是不想随便择一偶过爱情稀薄的一辈子。看似不期待，实际期待的却是终生的真爱。和年龄无关，和世俗的一切标准无关，只要是那个人，不负自己极尽青春年华等待的那个人，就对了。

一辈子太短，有些人迫不及待地做出婚姻的决定，担心太迟就遇不见更好的，殊不知这样其实是颠倒了顺序。首先是那个对的人，其次才是他到来的时间，不是吗？

我们往往总想着早一点，再早一点，不管那个人是不是对的人，因此胡乱编了一套择偶标准出来，囫囵选一个大概不会讨厌的人，共度余生。可这样的余生，会不会太索然无味了呢？

所以，大龄=择偶，这是一道伪命题。

比起择偶，我觉得寻爱是一件更有趣的事，毕竟寻到了，他可就是这世上独一无二的稀缺珍宝呐！是任何条条框框都选拔不出来的出类拔萃。

所以，等风来吧。

读者的话

旅小卧：您好，见字如面。公众号里知悉你要出新书了，这本书可能有点横冲直撞，没关系、尽情来、别客气，我看见自己正走在大无畏的路上。

米粒爱妈妈：很期待海欧的新书，《多少不凡，只因不甘》，读完意犹未尽，恭喜海欧抓获深粉一枚，所以快些快些，我要看海欧的第二本……

飞梦想-Make：老实说遇见《多少不凡，只因不甘》是一个偶然，但是偏偏就是遇到了，我个人觉得这是缘分，要说是什么吸引我拿起这本书，就是那句话，活得生猛大义。

陌忘宇：愿你一生清澈明朗，自带光芒。爱最爱的人，做自己的神。能喝最烈的酒，也敢说走就走。耐得住冬天的寂寞如雪，守得住春天的繁花似锦。即使脚底没有风火轮，也可以踏出灿烂的人生，即使头顶没有艳阳天，也可以织出五彩的祥云。

颖儿：说起心愿，心里想念的事情太多了。马上就19岁了，我二十多岁二字开头的人生不必一帆风顺，只求日后想起不会后悔吧。

短兔子耳朵：想对亲爱的人说，我爱着你的所有缺点，也在乎你所有关于我的细节。爱是相互扶持、相互包容、相互体谅，不炫耀、不夸张，平平淡淡相亲相爱。

God：希望被家长逼迫退学的我能重新回到学校上课，完美我的学习生活。

王毅：因为害怕失败害怕受累，所以选择沉醉在幻想中，殊不知梦会醒，重重地摔在熙熙攘攘的人群中，才体会到支持人活下去的是那么点坚持，回头、有什么理由可以轻易放弃呢，哪怕是为了自己、爸妈、那些背后的人，渐渐地，明白奇迹原来有另一个名字——努力。第一次期待，自己创造的未来，毫无顾忌地！

天宝：待我一方富甲，许你海角天涯！——致我最爱的未来的你

法仆人生：生活在大城市的我们，驱散不了躺在人群中的孤独，唯有海欧给我们来点解读，提醒自己脚踩大地要不忘初衷。愿光芒四射新书大卖，激励更多的人……

洪同学：你倔强地把我的爱以物质来等量代换，我却无能为

力，唯一能做的就是败尽我所有的人品来讨好你。——致自私自利不考虑别人感受的你

向日葵：兜兜转转，毕业两年了，从北京到上海我一直在漂泊的状态，哪儿可以安放我漂泊的灵魂？我希望自己是归人不是过客。结缘于《多少不凡，只因不甘》，初识的朋友送我的，断断续续看完了，生活不易且行且珍惜，坚持信任都很重要，不抛弃不放弃，充满希望，勇往直前。期待着不期而遇，一见如故的朋友，期待着未来未知的美好，我在路上，喜欢温暖的人，喜欢海欧。海欧，可以建个读者群吗？

蓝田：因为朋友介绍，知道了你的第一本书，还买了那本书，喜欢上了这本书，这个人。海欧，期待你的第二部作品^O^

玉米田：想对老妈说：三年里，我们去过三个国家，十二个省，三十五座城市。世界很大，但不曾遥不可及。工作之余，带你环游世界。想对老爸说：简单生活，别想太多。想对闺蜜说：很高兴看到身边的姑娘们，知道自己要什么，并不断努力向其迈进，即使不被看好。如果你足够幸运可以与众不同，就永远别去改变自己。想对海欧说：很高兴在你未网红前认识你，这样就可以跟你互动，而非轻轻阅过。最后，想对自己说：珍惜现在拥有的一切。

一个人的旅行：梦想是厚重的，它体现在虔诚的心和敦实的脚步里。

欣仔：初遇你的平凡，到现在你绽放了光芒，文字的可贵之处大概源于作者内心真实反馈，始于初心而忠于初心吧。加油，期待你后面的作品。

waiting for you 12306：梦想还是要有的，万一哪天它实现了呢！我的梦想很简单，就是希望有一个美好的家庭，事业有成，有了这些足矣，人生不悔。

玻璃宝贝：相识海欧，源于一次偶然。那天心情不好，想安静一会儿就去了书店，叫了一杯果茶，打算找本书看看。在一堆书中，我一眼就看到了《多少不凡，只因不甘》，而狠狠戳中我内心的是这样一段文字：深圳是一个我每天都想离开，却一直没能离开，有机会离开又放弃离开，继续想着离开的地方。这短短一句话将我们内心的纠结概括得恰到好处。因为这段文字，我拿起了这本书，在书店待了一个下午，在书中，我似乎看到了曾经的自己，还有曾经的同事和朋友，它深深地触动了我的记忆，我的心情也随着这本书豁然开朗，所有的不愉快也烟消云散了。我想记住这本书的作者，于是我知道了海欧，关注了她的公众号，而现在正期待着她的下一部作品。

小喵：我来自东北，在广东打拼，不同的是，我还在念书没有步入社会，记得当初填报志愿的时候我所有的学校都填的是南方的，这其中的难处很难用言语表达，我在渴望进入社会打拼的同时又在纠结自身能力的不足，惆怅时突然读到了海欧的文章，我突然舒服了许多，就带着这样的心情我围着学校操场跑了十圈，那一段时间我过得很好，时隔三月，希望海欧会越来越好发表出更多的作品，希望所有在外漂泊的游子都能安然抵达彼岸。

Insight：前二十载浑浑噩噩，只知听从长辈意愿，直至在社会摸爬滚打。幡然醒悟，余生当自立，欲重铸自我。然牺牲颇大，而前路茫茫。唯慎行，恒行矣！

浅止于心：世界那么大，只有一条路可以走，梦想有几个却都不现实，该拼的还得拼，困难再大也大不过心中的执念，万一实现了呢，我只是想 许自己，一世长安。

珏玦：因为爱情离开了深圳，但是说再见并不是不再见，而是为了下一次更好的相见！

左边：和他认识是因为工作。喜欢他，是因为跟他聊天一点也不累；爱上他，是从顺丰快递开始。看似平常，而我却用情很深！在我没见过他面，也没见过他的相片的情况下，因为异常情况，半夜没有收到快递，次日周六，那天他没在群里说话，就单发一个Q给我：昨晚顺丰的货，拿到了吗？那时，我在开车，当我看到信息时，心里莫名的暖。回复了快件的情况，接着给他发了第一张自拍照。周一，他说感冒了，一直在睡，没看到信息。就这样，我深深地被他迷住！很明显地表达自己的心意，他从来没拒绝，并有所回应。期间，策划了见面，甚至想放弃现在的所有奔向他，直到知道他有女朋友到他已结婚，我安静了很久，开始减少信息，想这样安静地喜欢着！

陈家慧：最近微博的个性签名被改成“专职产鸡汤，兼职教韩语”。其实，我的意思只是，想把整个人生过成一碗鸡汤，让每个知道我的人听到我的故事都能受到鼓舞，让他们觉得，“啊，怎么这么low，这么怂的人也可以做到这样，那我一定也可以。”只是对自己的期望或者说要求，仅此而已。

qi^~^：毕业工作满两年后，辞职换了新工作，工作了两周，虽然适应很快，但是心中还是有很多想法，这是为以后的梦想做打算，还是想要遵循最初的想法。

萌芽：当有一天，我放下心中所谓的自尊回头正视一直所拥有的，那就是妥协的成熟吧。我希望有人可以紧紧地抱住我，因为那时的我无感与疲惫，需要有人带给我心的温度。其实我一直在寻找这样的一个人。我一直是一个人行走。

于金龙：飞蛾扑火时不见得不明白前面是火，其实后果如何都知道。人作死起来，都是无解的。哪怕是死路，也要走。撞得鼻青脸肿才好，不然总觉得不甘心，死透了，也就甘心了！

LHH：偶遇校园里的情侣，有时会产生一种温馨美好的感觉。但早恋这个词，就感觉是一种罪恶一样，我不敢轻易去触碰它。而对于年少的我们来说，爱情是什么样子的呢？纯净，简单，还是，只是一种憧憬呢？

迪子：三哥，最想跟你说的话，我都藏在了眼睛里，草稿箱里，梦里，酒里，爱你一生。

迷途缄默：每一段故事都能带来最纯真的感动，每一个人物都能看到最初的缩影。毕业五年，一个平凡的人初来深圳，过去种种，对于大众只是反面教材，唯愿你们的生活妙趣横生，你们的梦想美梦成真。

肉馒头Mantel：先预祝姐姐新书大卖～以前总觉得来日方且长，凡事能拖则拖，抱着自己画的大饼度日，直到不得不走到了死亡线才悔不当初，悔之晚矣。世界只缺后悔药，从不缺后悔的人。希望有一天也可以和姐姐一样出书～

陈琲柠：还记得第一次看海欧作品时的心情，犹如他乡遇故知，甘之如饴。毫不犹豫地拿下《多少不凡，只因不甘》，在文字和情感的碰撞下我算是和海欧邂逅了！我羡慕你的勇敢，能跟随内心的选择来到自己喜欢的城市，而深圳，我始终只是过客！跟随海欧的脚步，期待新作品的到来，我想远远看着也挺美好！

蓝天：你文字给人一种似曾相识的感觉，感觉很温馨，就像是自己的故事一样，加油哦！挺你！

婉珍liu：这个暑假看完你的书，我觉得海欧好有勇气，因为你，我尝试着去做一件不一样的事，且不说成败，但受益匪浅。这个社会的黑白，只有自己经历过才能看得清楚，旁人的三言两语也是不能全信的。谢谢你，海欧。期待你的新书。

David-Le：别动不动就不相信爱情、不相信婚姻、不知道的以为你谈过多少段恋爱、结过多少次婚。明明是人的问题、爱情和婚姻不扛这个不浪漫的罪名。

张晔昱：海欧的思想很独到，公众号这么多独爱的寥寥无几，海欧便是之一。海欧的文每一篇都很用心，不是光喊口号，还有她职场上生活中的经验与教训，所以海欧能有越来越多的读者。愿海欧身边的陪伴只多不少愿你所有的付出都有回报！

巫半仙：我们横冲直撞地来到这个世界，曾被生活伤害得遍体鳞伤，可是我们依旧勇敢活在阳光下，总有一天我们会带着光芒告诉全世界，我们才是主宰。

这是你的李懿洪阿：我在初秋熟悉的味道里，裹着被子，闻到了早晨，我闭上眼睛，看到了冬天夏天和春天。我知道我有漫漫前路，我还要一个人走很远很远的路，但风来自远方，所以去去也无妨。

王足各：年轻时的苦都不算什么，咬牙坚持下去，才是这辈子最大的骄傲。

Bright：海欧，去年考研期间看到了您的这篇文章《那些不声不响就把事情做了的人》，于是静下心来潜心学习，如今我也是华南理工大学的硕士研究生了。谢谢您，我要继续做一个不动声色的大人，继续向你“表哥学习”！

图书在版编目（CIP）数据

姑娘我横冲直撞，自带光芒 / 海欧亭亭著. -- 北京 ：作家出版社，2017.2

ISBN 978-7-5063-9329-4

Ⅰ. ①姑… Ⅱ. ①海… Ⅲ. ①散文集 - 中国 - 当代 Ⅳ. ①I267

中国版本图书馆CIP数据核字（2017）第006842号

姑娘我横冲直撞，自带光芒

作　　者：海欧亭亭
责任编辑：省登宇
装帧设计：粉粉猫
封面绘图：廿　一
出版发行：作家出版社
社　　址：北京农展馆南里10号　　**邮　　编：**100125
电话传真：86-10-65930756（出版发行部）
86-10-65004079（总编室）
86-10-65015116（邮购部）
E-mail:zuojia@zuojia.net.cn
http://www.haozuojia.com（作家在线）
印　　刷：三河市北燕印装有限公司
成品尺寸：145 × 210
字　　数：210千
印　　张：9.625
版　　次：2017年2月第1版
印　　次：2017年2月第1次印刷
ISBN　978-7-5063-9329-4
定　　价：35.00元